恋するフェロモン

Kano & Kyouya

流月るる

Ruru Ruzuki

EB

エタニティ文庫

目次

恋するフェロモン　5
踏み出す一歩　297
書き下ろし番外編
二人で一緒に　321

恋するフェロモン

保存ボタンを押してパソコンの画面を閉じると、新藤（しんとう）香乃（かの）は机の上に置いてある小さな時計を見た。

タイミング良く、終業時刻を知らせる『夕焼け小焼け』の音楽が流れ始める。

この会社に入って初めてこの音楽を聞いたときはびっくりした。

いきなり流れ始めた音楽にきょろきょろした香乃に、長く勤めている四十代のパートの女性が笑いながら教えてくれた。「うちの会社はこの音楽が鳴ったら仕事はおしまい。できるだけ残業しないように、終業時刻を知らせてくれるの」と。

最初はこの時間までに仕事を終わらせることも、音楽が鳴ると同時に退出することもできなかったけれど、一年半も勤めれば慣れてくる。

今では音楽が流れる直前に、仕事を終えることができるようになった。

「香乃ちゃん！　香乃ちゃんって、香水とか興味ある？」

すでに帰る準備万端の状態で、パートの女性である智子（ともこ）が話しかけてきた。中学生の子どもがいるとは思えない、若々しくて元気な女性だ。

「えー？　なになに、香水？」

　香乃より先に興味を示したのは、智子と同年代で小学生の子どもを持つ朝美だ。しっとりとした雰囲気でおっとりして見えるのに、テキパキ仕事をこなすしっかり者だ。

「ふふ、そうなのよー。この間の誕生日に旦那がプレゼントを買ってくれたんだけどね、そのときお店の人が試供品をくれたの」

　仲の良い四十代主婦二人組は、香乃の返事を待たずに会話を繰り広げる。

「わあっ、これって高級ブランドの香水じゃない！」

「そうなの。でも、私はつけないし、かといって処分するのはもったいないでしょ？　よかったら香乃ちゃん、使って」

　香乃は手渡されたオレンジ色のパッケージをあけて、小さな瓶を取り出した。試供品の割には、小瓶にもブランドロゴが入っていて、部屋に飾るだけでもかわいらしいだろう。蓋をあけると、上品な、淡い花のような香りが鼻腔をついた。

　とても素敵ないい香りだと思うのに、香乃は小さくむせてしまう。

「ありがとうございます。でも、すみません。実は私、香りの強いものが得意じゃなくて……。だからこれは別の方へあげてください」

「あら、香乃ちゃん香水苦手なの？」

香乃に返されたパッケージを手にして残念そうに智子が言った。

「今時の若い子って、こういうのつけるのが当たり前かと思っていた」

智子の隣で朝美が思わずといったように呟（つぶや）く。

「そう、じゃあ、朝美はどう？」

智子は今度、朝美に提案したけれど彼女は軽く首を左右に振る。

「私がこんなのつけたら、旦那がびっくりするわよ。今度誰か若い子が挨拶（あいさつ）にきたときにでもあげたら？」

「そうね」

この会社では二十五歳である香乃が一番若く、他は年配の男性社員かパートの主婦ばかりだ。だからみんな香乃のことを年の離れた妹か娘のように扱ってくれている。

香乃が断っても特に気にすることなく、二人は「じゃあお先に失礼するわねー、お疲れ様」と言って帰っていった。

「お疲れ様です」

香乃も頭を下げて二人を見送る。

香乃が勤めているのは、古びた賃貸ビルにひっそりとオフィスを構えている小さな会社だ。

クライアントから依頼された書類やアンケートの調査結果など、様々なデータ入力作業がメインの仕事で、学歴も特別なスキルも必要ない。

パソコンさえ扱えれば、誰にでもできるような地味で地道な仕事だ。残業もゼロとはいわないが許容範囲内。

その分、給料はあまり高くない。けれど人間関係は恵まれている。

長く勤めている社員ばかりで、みんな家族のように仲がいい。

以前勤めていた大手企業の人間関係に疲れ切っていた香乃にとって、給料以上の魅力がここにはあった。小さな会社での穏やかな日々が、今の香乃には貴重だった。


水曜日。

今日は大学時代の親友二人との女子会の日だ。サークル活動を通して知り合った彼女たちとは妙に気が合って、学生の頃は毎日のように一緒に過ごした。何でも話せて、楽しいこともつらいことも分かち合ってきた、そんな間柄だ。就職してからは会う機会が減ったけれど、せめて二ヶ月に一度は一緒に遊ぼうと女子会をしている。

居酒屋で気楽に飲むこともあれば、贅沢(ぜいたく)してホテルのエステに行くこともある。他にも、金融セミナーに参加したり、マナースクールの講座を受講したりすることもある。

今夜はアンダー三十限定のワイン会に行くことになっていた。

こういう機会でもなければ、ハードルが高くて足を踏み入れない人気のフレンチレストランが会場だ。

大手企業に勤める二人より早めに仕事の終わる香乃は、着替えるために一度自分の家に戻った。

香乃にとって、おしゃれの優先順位は低い。

通勤服は、紺やベージュなどのベーシックな色のスカートに、シンプルなカットソーやブラウスというおとなしめのスタイルだし、胸の下まで伸びた髪も普段はひとつに結んでいる。

おしゃれをして出かける機会などほとんどない。

けれど大学時代の友人たちと遊ぶときは別だ。

軽くシャワーを浴びて、いつもよりほんの少し手の込んだメークをする。髪を下ろしてハーフアップにすると、軽いくせ毛がいい感じにふんわり広がった。

飾りボタンのたくさんついた濃いグリーンのワンピースは浅めのVネックで、鎖骨が綺麗に見える。そこに小さめの一粒ダイヤのペンダントを合わせた。今日の会場がフレンチレストランということもあり、派手ではないけれど、上品で落ち着いた装(よそお)いを目指す。

これで、先日智子がくれようとした試供品の香水をつけたら、もう少し大人っぽい雰囲気になったかもしれないが……

「でも、やっぱり苦手なんだよねえ」

名前に『香』という漢字が使われているものの、香乃は『香り』が苦手だ。

それに気づいたのは、高校時代。背伸びして、それこそ試供品の香水を手首につけたことがあった。立ち上る香りはさわやかで友人たちにも好評だったが、だんだんその香りが鼻について落ち着かなくなった。しまいには気分まで悪くなってしまったのだ。

それ以降、化粧品をはじめ、シャンプーやボディーソープといったものも無香料か、香りの極力弱いものを選んでいる。柔軟剤は使わないし、部屋でアロマも焚かない。もちろん香水も買ったことはない。

一時期、香りの広がる柔軟剤が流行ったときなどは、通勤電車で女性のそばにいるのが苦痛だった。

そんな風に、香りの強いものを身につけなくなってから、ますます苦手意識は強くなっている。

鏡を見ながらぼんやりと考え事をしていた香乃は、ふと部屋の時計を目にして慌てた。

「いけない！　余裕あると思っていたのに、もうこんな時間だ！」

香乃は小ぶりのバッグを持って、急いで部屋を飛び出したのだった。

ワイン会の開始は十九時半からだ。それまでに現地集合することになっていた。

今の香乃にとって、友人たちと数ヶ月に一度のこういったイベントが自分へのちょっとしたご褒美になっている。

彼女たちは転職して給料の下がった香乃の懐具合を心配して、あまり贅沢な遊び方はやめようと提案してくれた。

その心遣いをありがたいと思いながらも、これまでどおりにしてほしいとお願いしたのは香乃だ。彼女たちと一緒でなければこんな風に贅沢を楽しむ機会はなくなってしまうからと。

それを楽しみに、仕事を頑張ることができると言ったら、彼女たちは笑顔で頷いてくれた。

香乃は駅を出ると、急いで目的のレストランへ向かう。

しかし、スマホで場所を確認していたにもかかわらず、思っていたところと違う道を歩いていたようだ。目的地に一向に辿り着かない。

駅からそう遠くないはずなのに、と時間を気にしながらうろうろして一本横道にそれると、着飾った女性たちが目に入る。

彼女たちの華やかな格好にもしかしてと思い、そのあとを追う。そうして香乃は、ようやく目的の店を見つけた。

壁面の小さなランプが照らすお店の看板を確認して、ほっと胸を撫で下ろした。

迷ったせいですでに開始時刻ギリギリだ。

友人たちからはそれぞれ『受付を済ませて店内にいるね』とメールが届いている。

看板の隣に地下へ続く階段があって、香乃は薄暗く少し急になっているそこへと足を踏み出した。

慌てていたり、ヒールの高さがいつもと違ったせいで、香乃の体はがくんと傾く。

咄嗟(とっさ)に手すりへ手を伸ばすのと、香乃の背後から腕が回るのは同時だった。

「――――!!」

「大丈夫ですか？」

耳元でやわらかく響いたのは、低めの艶(つや)やかな男性の声。

香乃は男性の声がこれほど甘く響くのを初めて聞いた。

一瞬、体に回った腕にきゅっと力が込められる。

けれど、彼の腕は香乃の両足がきちんと階段を踏みしめるのを確認して、そっと離れた。

「す、すみませんっ！」

「この階段は急だから、慌てて下りると危ないよ」

香乃は振り返って、助けてくれた男性を見る。

直後、自分の心臓がどくんっと音を立てるのを聞いた。

やわらかい口調でそう言った彼は、非常に整った容姿をしていた。

わずかに明るい髪はゆるやかにくせがあって、微笑んだ口元には甘さが浮かぶ。ほへっと間抜けな表情で固まった香乃は、慌ててお礼を言って彼から離れた。

香乃の日常ではなかなか拝めないイケメンとの急接近に、心臓がばくばくしている。

「ゆっくり気をつけて下りて」

「はい」

香乃は、今度はヒールに気をつけながら慎重に一段一段階段を下りていく。その間ずっと、背中に彼の見守るような気配があった。

彼も今夜のワイン会の参加者だろうか。香乃のペースに合わせて後ろから階段を下りてくる。

そして階段を下りきると、背後から彼の腕が伸びてきて香乃より先に店のドアを開けてくれた。

さりげなく女性扱いをされて、くすぐったい気持ちになる。

「あ、ありがとうございます」

「どういたしまして」

近い距離でにっこりと微笑まれて、香乃は恥ずかしくなってうつむいた。

この人は自分の笑顔の魅力をわかっているのだろうか？

こんなに優しく甘く微笑まれたら、妙な期待を抱く女性が出てきそうだと思う。

気づけば、自然とエスコートされて、香乃は彼とともにワイン会の受付を済ませることになった。

今夜のワイン会への参加申し込みをしてくれたのは、大学時代の友人である美咲だ。

今夜の彼女は、栗色の髪をアップにして、大きなフープのピアスをつけていた。体の線に沿った華やかなプリント生地のドレスは、彼女のスタイルの良さを際立たせている。同い年とは思えないほど色っぽい。

流行に敏感で好奇心旺盛な彼女は、いつもいろんなことに興味を持っては香乃たちを誘ってくれる。ワイン好きの恋人と付き合い始めてからは、彼女もワインにはまったようでソムリエスクールに通っているそうだ。

もう一人の友人は、落ち着いていてしっかりしている千鶴。真っ黒なストレートの髪は艶やかで、背中にさらりと下ろしているだけで妙におしゃれに見える。彼女はふんわりとしたシフォンブラウスにタイトなレースのスカートの綺麗めスタイルだった。

色っぽい美咲に綺麗系の千鶴、そして平凡な香乃。

大学時代から「タイプの違う三人だね」とよく言われたが、違うからこそ面白くて、一緒に居るのが楽しかった。何にでも興味を持つ美咲に引きずられ、しっかり者の千鶴に見守られる。二人からは「香乃は私たちの癒し！」といつも抱きつかれていた。

目立つ容姿の彼女たちと地味な自分の組み合わせに、二人の引き立て役みたいだと言われたことも一度や二度ではない。でも自分の存在で彼女たちが引き立つなら、むしろ香乃は嬉しかった。

香乃が来るのが遅かったのでやきもきしていたのだろう。椅子から立って手招きしてくれている彼女たちのところに、香乃は小走りで近づいた。

「香乃、遅い」

美咲が唇を尖らせて言いながらも、ほっとしたように微笑む。

「ごめん、迷っちゃって」

「駅で待ち合わせすればよかったわね」

千鶴は、空いていた隣の席を示してくれた。

ほんの少し会わなかっただけなのに、彼女たちはどんどん綺麗になっていく気がする。ワイン会という場所柄、華やかなスタイルなのは当然だけれど、それにも増して輝いて見えるのは女性としての自信のなせるものなのだろうか。

同じテーブルには見知らぬ二人の男性が座っていた。今夜は、恋人と別れたばかりの千鶴を慰めるために、男性たちと相席にしたと美咲からは聞いている。

香乃は緊張しながら、軽く頭を下げて千鶴の隣に座った。

けれど、空いていた残りの一席に座った人物に思わず息を呑んだ。

「一緒のテーブルだったんだ」

そう言って微笑んだのは、受付で別れたばかりの男性だ。

「何？　響也、早速知り合っているの？」

「ついさっきね」

「あの、階段を踏み外しかけたのを助けてもらって……」

美咲たちの好奇心いっぱいの視線に香乃は慌てて言い訳する。

彼は「笹井響也です」と名乗ると、すぐに香乃に名刺を差し出してきた。目の前に出されては、受け取らないわけにもいかず、香乃はおずおずとそれを手に取る。そこには、名の知れた外資系商社の社名が記載されていて、驚いた香乃は思わず相手の顔を見返してしまった。

その横で、二人の男性が目を丸くして呟く。

「響也……珍しい」

「ああ。こいつが自分から名刺を渡すの初めて見た」

響也につられて、他の二人も名刺を差し出してくる。

会社の同期なのだと説明してくれたのは、紺野弘人。ワインよりも焼酎が似合いそうなスポーツマンタイプの彼は美咲と同じソムリエスクールに通っているのだそうだ。今回はその関係で相席になったらしい。

短い髪もがっしりした体格も野性的な雰囲気なのに、気さくににこにこ笑っている。

ワイン初心者だと言って挨拶（あいさつ）したのは羽島裕貴（はしまゆうき）だ。メガネをかけていて一見クールに感じるが、表情がやわらかいせいか優しく穏やかな印象を受ける。

そして先ほど香乃を助けてくれた笹井響也。

整った顔立ちにスマートな身のこなし、そして紳士的な対応はまったく隙がなさそうに見えた。

けれど彼が笑みを浮かべると一気にその雰囲気が和（やわ）らぐ。

三人ともタイプは違うがそれぞれ素敵な男性だった。

当然のように、他のテーブルにいる女性たちの視線が、彼らに集まっている。

ワイン会と銘（めい）打っているが、アンダー三十限定の意味を深読みすれば、一種の婚活か合コンのようなものだ。それを思うと、彼らに注目が集まるのは当然だろう。

「名前教えてくれる？」

響也に聞かれて、香乃は戸惑いながらも「新藤香乃です」と答えた。

「香乃ちゃん……かわいい名前だね。香乃ちゃんって呼んでいい？」

わずかに首を傾け綺麗な笑みを浮かべて聞いてくる。こんな風に聞かれれば、誰だって反射的に頷いてしまいそうだ。

香乃も反応しそうになりながらも、曖昧に微笑んで答えを濁した。

彼とは出会ってまだ二十分と経っていない。

何より美咲や千鶴と一緒にいるのに、真っ先に香乃に声をかけてきた男性は初めてだった。

彼への対応に戸惑っているうちに、ざわついていた会場内がしんと静まり返る。そして、スポットライトに照らされたワイン会の主催者が挨拶を述べ始めた。

香乃はほっとしてそちらに視線を向け、今夜のワインの銘柄や料理の説明を聞くことに集中する。

最初にグラスに注がれたシャンパンは、すっきりとした酸味を感じさせるものだった。

続いて出された小さなアミューズは、グレープフルーツとクリームチーズをシュー生地で包んだもので、シャンパンともすごく合っているのだろう。

だが、シャンパンも料理もとてもおいしいはずなのに、香乃には味がちっともわからない。

なぜなら、主催者の挨拶が終わっても、こうして食事が始まっても、響也の視線がずっと香乃に向いているからだ。

友人と三人でいるとき、いつもなら男性の視線は美咲や千鶴に向かう。それに慣れていた香乃にとって、こんなにあからさまに見つめられるのは初めての経験だった。

響也の視線が熱くて、香乃の頭はだんだんぼんやりしてくる。何を食べて飲んでいるのかも曖昧（あいまい）にぼやけて、マナースクールで学んだカトラリーの使い方にも自信がなくなってくる。

「響也、おまえ、あからさまに見すぎ」

弘人が苦笑しながら響也の肘を突（つ）いた。

「いや、だって香乃ちゃんがかわいいから、つい目がいくんだよ」

そのセリフにドキッとして香乃は固まった。

見るからに素敵な男性に甘い声で「かわいい」なんて言われると恥ずかしくてたまらない。香乃はかあっとなってうつむいた。

本当なら嬉しいはずの言葉。けれど香乃の心にはもやもやしたものが広がっていく。

香乃はカトラリーをお皿に置くと、水のグラスに口をつけて気持ちを落ち着かせようとした。

こんなのはただの社交辞令にすぎない。「かわいい」なんて、何にでも使える都合のいい言葉だ。

出会ったばかりの女性をじっと見つめて、親しげに名前を呼んで「かわいい」なんて簡単に口にする男性には気をつけたほうがいい。

「香乃に目をつけるなんて、笹井さん見る目があるんですね」

「でも香乃が困っているのでほどほどにしてくださいね」

美咲と千鶴が面白そうに、けれど窘(たしな)めるように言った。その目は響也を警戒して、訝(いぶか)しげに細められている。

彼女たちに笑顔のままで睨(にら)まれたせいか、響也は苦笑して軽く頭を下げた。

「不快な気分にさせて、ごめんね」

「いえ……」

響也は名残(なごり)惜しそうに香乃から視線を外すと、男性陣と会話を始めた。

ほっとした香乃は美咲たちに「ありがとう」と気持ちを込めて目配せする。

ちょうど新たに白ワインがグラスに注(つ)がれたことで、美咲がソムリエスクールで学んだことを得意げにレクチャーしてくれた。

香乃は白ワインを飲みながら美咲の話に耳を傾ける。

白ワインはシャルドネのさっぱりした風味。ビンテージが若いけれど、飲みやすい。

お料理は真鯛とオクラの入った赤パプリカのガスパチョ。トマトで作ることの多いガスパチョを赤パプリカで作ったところが面白かった。

「ワインを合わせるとまたいい感じね」

美咲が嬉しそうに言う。

千鶴は「本当?」という表情をしつつ、料理を一口食べたあと美咲を真似てワインを飲んでいた。

そのうち男性たちが、自然な形で香乃たちの会話に入ってくる。彼らは話題が豊富で、仕事の話もわかりやすく説明してくれた。

さらに会話は、途切れることなく気楽な話題へと移っていく。

最近観たミュージカルについて語った千鶴は、演出家が代わって、また面白くなったのよと教えてくれた。

気づけば香乃も、運動不足解消に始めたヨガを今も頑張って続けていると話していた。ヨガのポーズの話になったとき、ポーズひとつひとつに名前があって、意味があると話すと、男性陣から興味深げにいろいろ聞かれた。

いつもと変わらない、大学時代からの親しい女友達との語らい。

そこに初めて出会った男性たちが加わり、その空気を壊さずに話を盛り上げてくれる。

響也も、最初の強引さが嘘だったかのように会話を楽しんでいた。

けれど香乃のグラスの中身が減っているのに気づくと、すぐに店のスタッフに頼んでくれる。

新しいワインが注がれたときは、さらりとワインについて教えてくれた。

そしてたまに目が合うと、にっこりと綺麗な笑顔を見せてくれるのだ。

おいしいワインを飲んで、手の込んだ美しい料理を食べて、親しい友人たちとの会話を楽しむ。

心地いい時間を過ごしながら、さりげなく絡み合う視線が放つ熱に、香乃は知らず翻弄された。

助けられた階段で彼の声を聞いたときからずっと、香乃の心臓はいつもより速く動いている。

空調は心地いい温度のはずなのに脇に汗が滲む。

香乃はそっと友人たちと話している響也を盗み見た。

見るからに極上の、女に不自由しないタイプの男性。

こういう男性は女性の扱いに慣れていて、その気にさせる術を心得ているに違いない。

だって彼は、こんな風に香乃が見つめると、すぐに気づいて見つめ返してくるのだから。

響也と目が合いそうになって、香乃は慌ててワイングラスに手を伸ばした。

「時間が経つとまた味わいが変わるのよ」――そう美咲に教えてもらったことを思い出す。

軽やかで飲みやすかったワインは、時間とともに深みを増して香乃の舌に小さく苦味を与えた。

その苦味が過去のつらい恋を香乃に思い出させる。

彼はダメ。

……きっと昔と同じように痛い目を見る。

かつて、今夜の響也と同じように、香乃を見つめた人がいた。

目が合えば微笑んで、困っているとさりげなくフォローしてくれる。疲れているときには甘いものを差し入れて『特別だよ』と頭を撫でてくれた。

彼から向けられる好意に、自分は特別かもしれないと期待した。

『香乃みたいなタイプ、初めてなんだ』

『香乃と一緒に居ると落ち着く』

『香乃、俺が全部教えてあげるから』

甘い甘い特別な言葉に酔って、惹かれて、そして『痛い』思いをした。

恋は『痛い』。

ひどく抉られた心の傷は時間とともにふさがっても、痛みの記憶はいまだ消えない。

(だから、そんな目で見ないで。捕らえようとしないで)

誰かを好きになる勇気はまだない――

さりげなく向けられる響也の視線から、香乃はできるだけ目を背けた。

「香乃、大丈夫?」

「うん」

もうそろそろお開きになりそうな雰囲気の中、香乃は千鶴と一緒にパウダールームに居た。

真鍮のドアノブに、意匠をこらしたこげ茶のドア、バラのモチーフの壁紙など、高級レストランらしくパウダールームも優雅な空間だ。仄かに花の香りさえする。

お化粧直しのスペースに設置されたソファーに、香乃は脱力して腰掛けた。

「飲むペースが速かったけど、珍しく酔いでも回った？」

くらりとするのは、酔いのせいなのだろうか。

けれど香乃はアルコールに弱くない。外見のイメージから飲めないように見られがちだが、そこそこ飲むことができるしつぶれた経験もない。

でも今日は酔っているような浮遊感がずっとついて回っている。

もしかしたら、この店の階段を踏み外しかけたときから、体はずっと浮いているのかもしれない。

「笹井さん……香乃に興味津々だね」

「どうして私なのか、全然わからないんだけど。むしろ千鶴ちゃんたちと仲良くしたいからって言われたほうがよっぽどしっくりくる」

これまでモテたためしなんかない。

だから初めて言い寄られたあのときは舞い上がってしまったのだ。

ジェットコースターのように、急激に高みに引き上げられて、広がる景色に感嘆の声を上げた。けれど急降下した先には見たくもない現実が待っていた。

もう二度と乗りたくないと思うほど。

「香乃はかわいいよ。確かに目立つほうじゃないけど、香乃の優しくて控えめな雰囲気とか、魅力的だと思うけど」

千鶴は口紅を取り出して、綺麗に塗り直した。彼女に似合いのローズピンクが艶やかに唇を彩る。お姉さんっぽいしっかりした雰囲気がふんわりと和らぐ。

たとえ友人の贔屓目だったとしてもそう言ってもらえるのは嬉しい。でも自分が男だったら、やっぱり美咲や千鶴みたいなタイプを選ぶだろう。

決して自分ではない。

「笹井さんは……すごくモテそうだよね」

「うん。むしろモテすぎて、選びたい放題に見えるね」

千鶴がポーチに口紅をしまいながらにっこり笑った。誰が見たって響也は女性に困るタイプじゃない。千鶴の言うとおり、モテすぎて困っていそうな人だ。

「ああいうの、困る。どうしていいかわからない」

「そうね。あんな自分の魅力を理解していそうな人に強引に来られたら拒めないね。でも、香乃にそう思わせた時点できっと笹井さんが勝っている」

姉のように慈しみのこもった千鶴の眼差しに、香乃はそれ以上の言い訳が浮かばなかった。

大学時代からずっと仲良くしてきた千鶴は、香乃の『痛い』恋も知っている。だからこそ彼女は、香乃の揺れる心を見抜いているのかもしれない。

香乃は両手で頬を包むとパチンと軽く叩いた。

こんな風に落ち着かないのは、酔っているせいだ。おいしいワインにも彼の視線にも酔わされて、体も気持ちもふわふわしているだけ。

酔いから醒めれば、夢からも覚める。

「千鶴ちゃん、行こう！」

何か言いたげな千鶴に先に声をかけて香乃はパウダールームを出た。

今日は平日だから、明日はみんな仕事だ。週末であればこのあと別のお店でも――という可能性もあったけれど、美咲が「さあ帰ろうね」と先手を打ったのですんなりお店を出られた。

彼女は事前にしっかりタクシーを呼んでいたらしく「私たちタクシーを予約しているので、来るのを待ちますね」と男性陣に帰宅を促す。

香乃の家は駅からそう遠くないので、この時間ならまだ電車を使って帰ることができる。

だが美咲は、タクシーで恋人の家に向かうついでに送ってあげる、と太っ腹なことを言って香乃の遠慮を退（しりぞ）けた。

先ほどの千鶴同様、美咲も香乃のことを心配してくれているのだろう。今夜は本当は、彼氏と別れた千鶴に新たな出会いを設（もう）ける場だったのに、かえって二人に気を使わせてしまった。

「じゃあ、また」

と弘人が響也の肩を叩いて背を向ける。このまますんなりとお開きになりそうで、香乃は少しほっとした。

名刺をもらい彼の名前や連絡先を知った。

じっと見つめられて、親しげに名前を呼ばれた。

けれど、それだけだ。きっともう会うことはない。

「あ、来た」

美咲が予約したタクシーを見つけて呟（つぶや）く。香乃もつられてそちらを見たときだった。

「香乃ちゃん！」

響也が踵（きびす）を返して走ってきた。ゆるんだネクタイが首元で乱暴に揺れる。

響也が香乃の前に立つのと、タクシーが横に滑り込んでくるのは同時だった。

「香乃ちゃん、連絡先を教えてほしい」

美咲がドアの開いたタクシーに向かって「すみません。少し待ってください」と告げた。千鶴は香乃の隣に立って、黙って展開を見守っている。

「俺の連絡先を教えても……君から連絡が来るとは思えない。俺はたぶん、なんとかして君と連絡を取ろうとすると思う。それなら今ここで直接連絡先を聞いたほうがいいと思った」

ハザードランプを点滅させているタクシーも、少し離れたところにいる響也の同僚たちも、そして美咲や千鶴のことも気になって、香乃は咄嗟に何をどう答えればいいかわからなかった。

ただただ心臓がばくばく激しい音を立てている。

いや、本当は簡単なことだ。

連絡先を教えたくなければ「ごめんなさい。教えられません」とはっきり断ればいい。そうすれば、彼がどんなにコンタクトを取ろうとしても、美咲や千鶴が香乃の連絡先を教えることはない。

言うべき言葉はわかっている。

なのに、なぜかその一言がなかなか出てこないのだ。

千鶴がそっと香乃の腕に触れた。はっとして隣を見ると「香乃が決めるんだよ」と言っているような視線と目が合う。

迷いつつ香乃は目の前の響也を見た。

彼は焦りと不安のまじった色を瞳にのせながらも、目をそらすことなく香乃を見つめている。その一歩も引かない強い眼差しには、彼の真剣さが感じられた。

そのせいで、香乃はますます混乱してしまう。

どうして彼ほどの人が、自分にこんな視線を向けてくるのかわからない。

興味、好奇心、気まぐれ？

彼にはそのどれも当てはまらない気がして、香乃の戸惑いは増すばかりだ。

心臓の音がうるさいほど鳴っている。

待っているタクシーも、千鶴と美咲や男性陣の視線も気持ちを焦らせて、香乃は口をぱくぱくしながら言葉を探した。

迷うことなんかない。

断りの言葉を告げればいい。

不意に、千鶴が言った「笹井さんが勝っている」という言葉を思い出す。

その意味を今更ながらに香乃は自覚した。

響也は香乃を見つめたまま、じっと返事を待っている。

香乃はぎゅっと手を握りしめて、バッグからスマホを取り出した。そして、震える手で自分のメールアドレスを表示させる。

「メールアドレスでいいですか？」

そう言った瞬間、響也の表情がほっとゆるんだ。口元に浮かんだやわらかな笑みに、香乃はドキッとしてしまう。

彼は自分のスマホにメールアドレスを入力すると、打ち間違いがないか確認してから香乃を見た。

「ありがとう。必ず連絡する」

「………」

あまりに恥ずかしくて顔を背けると、美咲と千鶴が面白そうに笑っている。少し離れたところでは、響也の友人たちが手を叩き合わせていた。

それを見た香乃は、ますます小さくなる。

羞恥に縮こまっている香乃とは対照的に、響也は落ち着いた声音で「お待たせして申し訳ありません」と、美咲たちやタクシーの運転手に声をかけた。

さらに香乃たちが全員タクシーに乗り込むまでそこにいて、ずっと見送ってくれた。

タクシーがレストランから離れると、香乃はぎゅっと胸に片手をあてた。一向に治まらない心臓の音が、車内に聞こえてしまいそうだ。

「何かあったらすぐに私たちに相談するんだよ」

二人はからかったりすることなく、香乃を励ます言葉を贈ってくれた。

これから何が始まるのか、どうなっていくのか香乃には想像もつかない。

響也に連絡先を教えてしまった自分の行動の意味さえもわかっていない。

香乃は、もう片方の手に掴んだままのスマホを――響也との繋がりを示すそれを――力強く握りしめた。

「香乃……頑張ったね」

今から二年半前。

大学を卒業した香乃が就職したのは大手の製薬会社だった。海外企業と提携していたそこは英語力の高い人材を欲していて、香乃はその能力を見込まれて採用された。英会話よりも翻訳に長けていたので、書類処理をメインに行う業務についた。

そこで出会ったのが同じ課の先輩だった男性社員だ。五歳年上の彼は、留学経験があったせいかレディファーストが板についていて、香乃にいつも優しく接してくれた。

初めての社会人生活は、慣れないことばかりだった。様々な仕事を覚えて、先輩の女子社員との関係に気を使い、自分の父親のような社員とも円滑に業務をこなさなければならない。毎日が精一杯で、緊張感に包まれている中で、彼の存在が香乃の支えだった。

いつも目立たぬように仕事のフォローをしてくれて、週末にはおしゃれなレストランに連れて行ってくれる。お酒の飲み方も彼に教えてもらった。

大学時代にも仲良くなった同級生の男子はいたけれど、女子高出身の香乃はおままごとみたいなお付き合いしかしてこなかった。

だから初めてとも言える大人の男性との恋愛に、香乃はすぐにのぼせた。

恋愛に慣れていない香乃を手玉に取るのは、さぞや簡単だったことだろう。

彼が誰にでも優しくて、特に初心（うぶ）そうな新入社員の女の子を狙って遊んでいると知ったのは別れたあとのことだ。彼には本命の恋人がいたし、香乃は体（てい）のいい浮気相手でしかなかった。

これまでうまくやっていた彼のお遊びを、本命の彼女に知られたことが悲劇の始まりだった。

香乃との関係がバレたとき、彼は香乃にしつこくされて困っていたのだと嘘をついた。

そして、同じような言い訳を、会社の人間にもしたのだ。

それによって香乃は、二股をかけられたかわいそうな浮気相手ではなく、恋人のいる男に手を出した女に仕立て上げられた。

『大人しそうな雰囲気で男を誘う』

『ストーカー一歩手前で、迷惑していた』

『断ると、泣いて取り乱したから、仕方がなかった』

彼は人当たりが良く、仕事もできる人だったから、当然周囲は新人の香乃よりも、彼の言葉を信じた。香乃の評判は一気に堕ちて、ありとあらゆる悪口を社内にばらまかれた。

ただ好きになっただけ。

恋をしただけ。

それに夢中になっただけ。

けれど、初めて夢中になった恋は『痛い』結末で終わった。

香乃は会社に行くのがつらくなって、結果的に逃げてしまった。

会社を辞めて、引っ越しをして、就職してからの人間関係を全てリセットした。

運よく今の会社に採用された当初、香乃は極力、他人と関わらないようにしようと思っていた。

誰とも関わらなければ、恋をすることもない。恋をしなければ傷つくこともない。

社員数も少なく、年配者の多い小さな会社は、若い男性との出会いなどなかった。傷ついた香乃にとって、新しい会社はとても望ましい環境だった。

だが、他人に深入りするつもりのない香乃にも、そこは思った以上に優しい場所だった。

肩肘張って強がって、淡々と仕事に取り組んでいた香乃を、慰(なぐさ)めるでも諫(いさ)めるでもなく、さりげなく声をかけて徐々に緊張をほぐしてくれた。

必要以上に他人と関わらず、週末も家に引きこもっていた香乃を引っ張り出してくれたのは、大学時代の友人とこの会社の主婦たちだった。

新しい環境で出会った人たちのおかげで、ようやく気持ちが落ち着いてきたところなのだ。

そんな中、新しい恋をしようなんて気持ちにはまだなれない。

いつかまた誰かを好きになれたらいいとは思っても、今のところ積極的な出会いは求めていなかった。ワイン会だって千鶴のためだと思ったから男性たちとの相席に同意したのであって、自分のためじゃない。

なのにどうして響也の申し出を断れなかったのか。

あの夜の自分の行動を思い出すと、香乃は居たたまれなくなる。そして酔っていたせいだと言い訳したくなる。

ワインと彼の視線に酔っていたせい——

香乃はスマホの画面を見て、ため息をついた。

ワイン会以降、響也からはコンスタントにメールが送られてくる。

『連絡先を教えてくれてありがとう』というお礼の言葉から始まって『時間ができたら

食事でもどうかな』という自然なお誘い。

恋人も好きな相手もいないのだから、食事の誘いぐらい受けるものなのかもしれない。けれど、そうした誘いに深く考えずにのったせいで、かつての香乃は『痛い』思いをした。

もうそんな思いはしたくない。

そんなことをぐるぐる考えているうちに返信が遅れ、結局必要最低限の短文を送ってしまう。

『今週の金曜日は空いていますか？』と届いたメールに、香乃は迷った末に『予定があります。すみません』と短い返事を送るのだった。

＊　＊　＊

響也は香乃からの返信メールを見てふっと息を吐いた。向かい側で昼食を取っている裕貴が苦笑いを浮かべている。

「今回も見込みなし？」

「こういう返信は早いね。迷いなくばっさりだ」

「こんなに手ごわいの初めてじゃないか？　響也」

毒のなさそうな優しい風貌をしているのに、裕貴は平気で痛いところを突いてくる。

しかも、ワイン会での響也の様子からその後の悪戦苦闘具合まで、つぶさに観察されて、面白がられていた。

響也としては連絡先を交換すれば、もっと簡単に彼女との関係が始まるのだろうと思っていた。

メールで数回やりとりをして、互いの都合をつけてプライベートで会う。そうした時間を重ねていけば、関係なんて自然に始まるものだと楽観視していた。

「脈なさそうなら、あきらめたら」

「………」

日替わり定食のサバの塩焼きを食べながら、他人事のように言った男を響也はじろりと睨む。

「あの子の何を気に入ったのか知らないけれど、反応薄いんだろう？　付き合っている男はいないって言っていたけど、好きな男がいるのかも」

その可能性は否定できない。

何気なくメールでいろいろ聞いているが、質問をなかったことにされるか、当たり障りのない内容で誤魔化されてしまう。

普段なら、裕貴の言うとおり早々に脈なしと判断してあきらめていただろう。

響也はため息をついて、定食の豚汁を口にした。

外資系商社ながら和食のメニューに力を入れている社食は、味もボリュームもコスパもいい。

営業で外に出ることが多い響也は、社内にいるときは、必ずと言っていいほどここを利用している。

「よう」

明るい声とともに、トレイを手にした弘人が裕貴の隣に腰掛けてきた。三人で顔を合わせるのはワイン会以来だ。

「出張だったのか？」

「ああ、中国まで」

裕貴の問いかけに弘人が頷く。そのまましばらく仕事の会話が広がっていった。

同期とはいえ部署はそれぞれ違うため、こういう機会に情報交換を行う。響也もいつもならもっと積極的に会話に加わるのだが、今は仕事以上に難しい案件で頭がいっぱいだった。

「そういえば、おまえが気に入っていた香乃ちゃん、だっけ？　うまくいってる？」

いきなり話題を振られて、響也は咳ばらいをする。

その様子を見て「うまくいってない？」と聞いた弘人に、裕貴は神妙に頷いた。

うまくいっていないのは確かでも、他人に指摘されるのは面白くない。

「あー、やっぱりそうか」

弘人は一人納得したように頷いて、親子丼をかき込んでいる。いつもなら彼の豪快な食べっぷりは見ていて気持ちがいいけれど、今の響也には鼻についた。

「やっぱりって、どういう意味だ？」

響也はにっこりと冷笑を浮かべて弘人に答えるよう促す。

「あ、いや、ほら美咲ちゃんがさ、あのあと俺に釘を刺してきたんだ。あんまり響也のアプローチがあからさまだったから、いい加減な気持ちで大事な友達に近づいてほしくない、って。俺も詳しくは聞き出せなかったけど、香乃ちゃん恋愛には消極的らしい」

「ふうん、なんか恋愛で嫌な目にでもあったのかな？」

裕貴が呟いた何気ない言葉に、響也は目を伏せてスマホに目をやった。

なかなか関係が進展しない原因が、恋愛で嫌な目にあったせいならば、自分のやっていることは彼女にとっては迷惑なことなのかもしれない。

薄々感じていたことを再認識させられて響也は逡巡する。

あのとき、タクシーを待たせて、さらには友人たちの足まで止めて、強引に連絡先を聞いた。

香乃のようなタイプだと、あの状況で申し出を断るのは難しかっただろう。

だからこそ、あえてああしたタイミングを狙ったのだけれど、もう少し別の手段を取ったほうが良かっただろうか。けれどあのときは、それ以外の方法を思いつかなかった。

「なあ、響也は本気なんだろう？　だってあんなおまえ初めて見たし」

親子丼の鶏肉を口に放り込んで、のんきそうに言っているけれど、あの夜、暴走しかける響也を何度となく止めてくれたのは弘人だ。

裕貴は逆にとことん傍観者に徹して、響也の様子を観察して楽しんでいた。

そんな二人が今、響也の返事を待っている。

「いい加減な気持ちじゃない」

それだけははっきり言える。

でなければ、脈なしだとわかっていてなお、これほどまでにあがいたりしない。

弘人と裕貴は顔を見合わせると、弘人はにやりと笑い、裕貴はやれやれといった反応をした。

弘人は食事の途中にもかかわらず、トレイにきちんと箸(はし)を揃えて置く。そして大きな背中をさらに伸ばすと、得意げな笑みを浮かべた。

「響也……おまえが本気ならいいことを教えてやる。だが、見返りはいただく！」

弘人はやり手らしさを醸(かも)し出して、堂々と言い放った。その様子がなんとももうざくて、本来なら無視するところだ。

響也は胡散臭げに弘人を見た。

彼の言う「いいこと」は当てにならないし「見返り」を求められるというのも憂鬱だ。

だが、なり振り構っていられないほど切羽詰まっている自覚もある。

何度メールを送っても、おそらく香乃は響也の誘いに応じたりはしないだろう。

自分が彼女について知っているのは、メールアドレスと名前だけ。

どこに住んでいるのか、どんな仕事をしているのか、それさえも摑めていない。

「弘人……何か知っているなら教えろ」

弘人を頼るなんて面白くないと思いつつ、響也は藁にも縋る思いでそう口にした。

結局のところ、弘人から得た情報はかなり曖昧なものだった。けれど、他に手立てのない響也にとっては一筋の光明に違いない。それに、見返りを成功報酬にさせたので成果がなければ何もしなくて済む。

休憩時間はまだ残っていたが、響也は二人を置いて一足先に社食を出た。急いで仕事を調整しなければならない。金曜日に定時に上がるための仕事の算段を即座にはじき出す。

時間がかかりそうな仕事は、頼りない気もするけれど後輩に振ろう。きっといい経験になるはずだ。頭の中でいろいろ計算をしていると女子社員に声をかけられる。

「笹井さん」

仕方なく響也はその場で足を止めた。

社食を出てエレベーターホールに向かうまでの間に、人目につきにくい場所がある。設計上のミスなのか、無駄にも思えるその空間は実のところ告白をするのにもってこいの場所になっていた。

いつもは面倒を避けるため、足早に通り過ぎるようにしていたのだが、あれこれ考え事をしていたせいで歩調がゆるんでいたようだ。

無駄な空間に意味を持たせようと置いたとしか思えないパキラの鉢を背にして、響也は腹をくくって目の前の女子社員と向き合った。

「この間はありがとうございました」

「いや、俺は特に何も」

そう答えながら記憶を手繰り寄せる。女子社員はご丁寧に、響也のおかげで助かったのだと経緯を説明してくれたので、なんとか思い出すことができた。

しかし、自分が手助けした仕事の内容は思い出せても、助けた相手までは覚えていない。

「お礼にお食事でもどうですか？」

響也は目の前の女子社員を改めてじっと見た。

肩までの真っ黒い髪は艶やかで、メークにも派手さはない。けれど自分のかわいらしさを自覚して男好みに装っているのがわかる。

うつむいて照れた仕草でもすれば完璧だったのに、上目遣いで見つめてくるから裏が透ける。

女の子は嫌いじゃない。

駆け引きするあざとさもかわいいと思うし、こちらの気を引く手練手管にも努力を感じる。

正直、どんなタイプの女の子とも、そこそこうまく付き合っていける自信があった。

食事ぐらいなら構わないかと、以前なら彼女のアプローチにのったかもしれない。駆け引きを楽しんで、一緒に遊んで、一夜をともに過ごす。

でも今の響也には、それをしたい相手が他にいた。

響也はにっこり微笑むと、初対面も同然の女子社員の肩に触れた。そしてそっと彼女の耳元に顔を近づける。

彼女は戸惑ったようにピクリと震えた。

白くて細い項からはふわりといい香りが漂う。

「……ごめんね。仕事が忙しくて余裕がないんだ」

鼻腔(びこう)をつく香りを吸い込んで、響也は甘ったるく彼女の耳元で囁(ささや)いた。

そうして、すまなそうに首を傾けて優しく微笑む。

色気を漂(ただよ)わせてそうすれば、たいていの女の子たちは素直に引き下がっていく。

彼女も「そ、そうですか」と頬を真っ赤に染めながら頭を下げて踵(きびす)を返した。

ふわりと彼女が残した香りが周囲に漂(ただよ)う。

「いい匂いなんだけどね……君じゃない」

響也は香乃を思い出す。階段で足を踏み外しかけた彼女を支えた瞬間、響也はかつてないほど自分が興奮しているのがわかった。

あの衝撃と衝動はそう忘れられるものではない。

初めてのあの感覚が偶然なのか、それとも彼女だからなのか確かめたい。

「香乃ちゃん……もう一度君に会いたい。会って俺は確かめたいんだ」

だから弘人が与えてくれた曖昧(あいまい)な情報にも縋(すが)りつく。

どんなチャンスでも逃すわけにはいかなかった。

＊＊＊

終業を告げる『夕焼け小焼け』の音楽が余韻を残して流れ終わる。

数字ばかりが並んだデータを入力していたせいで腕が疲れた香乃は、最後にうーんっと伸びをした。

凝ってこりこりと音の鳴る肩に、今日のヨガ教室では存分に肩甲骨を動かそうと思う。

ヨガを始めたきっかけは、智子と朝美にヨガ教室に誘われたからだ。

転職からしばらくして、新しい仕事や人間関係に慣れてきた頃だった。今なら彼女たちが、ストイックに仕事をこなす香乃を心配して声をかけてくれたのだとわかる。

『運動不足にもストレス解消にもいいのよ』

『体験だけでもどう?』

そう言われて一緒に行ったのが始まりだった。

確かにパソコンにばかり向かっていると、背中や肩が強張ってしまうし、運動不足も気になってくる。彼女たちに勧められるままヨガ体験に参加した香乃は、体験後すぐに入会した。

キャンペーン中で入会金が無料でレッスン費がお得だったこと。ヨガマットも無料で貸し出してくれて、ウエア以外必要ないこと。会社帰りに行きやすく、駅から近いこと。

いろんなプラス面があったのも理由のひとつだ。

岩盤浴ヨガというスタイルのその教室は、曜日や時間帯によって様々なレッスンが準備されている。リラックスを中心とした初心者向けのレッスンから、本格的に体を動かすレッスンまで。

暖かな空間の中、ゆったりとした音楽に合わせて、ヨガのポーズをとっていく。

呼吸を整え、自分の体と心に向き合う時間は、香乃に余裕を持たせてくれた。おかげで今はヨガを通して体と心を見つめ直し、ストレスの緩和に役立っている。

「香乃ちゃん、今日はヨガへ行くの？」

智子たちに尋ねられて香乃は頷いた。

「ええ、行きます」

ヨガウエアの入ったバッグをかかげて見せる。

「今日は私たちも行くつもりなの。一緒に行きましょう」

「珍しいですね、金曜日に行けるの」

彼女たちは、子どもが習い事で遅くなる日などに、レッスン予約を入れていることが多い。だから同じヨガ教室に通っていても、香乃とレッスン日が重なることはあまりなかった。

「ふふ、今夜は旦那が飲み会で、子どももおばあちゃん家なの」

「うちも出張中で、子どもたちは習い事の合宿なのよー。だからヨガのあとは食事に行こうって話してるの。香乃ちゃんも一緒にどう？」

「金曜日だからデートとかあるかしら」

「とんでもない。ぜひご一緒させてください」

彼女たちは「やったね」と喜びながらも「あら、ここは喜んじゃいけないんじゃない？」とか、「若い子と一緒なら、あのお店行ってみる？」など、相変わらずどんどん話が広がっていく。

彼女たちと親しくできるのは、香乃も嬉しかった。

これまではなかなか接することのなかった世代の彼女たちから、学ぶことは多い。母親でも友人でもないからこそできる話もあるし、単純に彼女たちとのおしゃべりは楽しかった。

香乃は久しぶりにうきうきした気分で、彼女たちと一緒にヨガ教室へ向かったのだった。


受けるレッスンによって先生が違うため、当然レッスン内容も異なる。

香乃がよく通う金曜十八時から始まるレッスンは「リラックスヨガ」というクラスだ。シッティングポーズ中心のプログラムで、ゆっくりと体をほぐしながら、途中で少しハードなチャレンジポーズが入り、最後はまたゆったりと終わる流れになっている。

「吸ってー、吐いてー」

リズムを取りながらポーズを指示する先生の声が香乃は好きだった。女性にしては低めの色っぽい声は、外に向かっていた意識を自分の内側にスムーズに導いてくれる。

ヨガを続けることで、硬かった体も心なしかやわらかくなってきたし、きつい静止ポーズを維持することもできるようになってきた。

肩や背中をほぐし、体の隅々まで呼吸を行きわたらせる。普段動かさない筋肉がほぐれて、心地よい疲労感が体を包んだ。

最後はヨガマットの上で寝転がって呼吸を静かに整える。

いろんな思考を全て手放して、内にこもっていると眠気さえ覚える。

この時間が心を綺麗にリセットしてくれるのだ。

香乃はレッスンを終えると、軽くシャワーを浴びた。

本来なら岩盤浴（がんばんよく）ヨガで出てきた汗は汚くないので、シャワーは浴びないほうがいいらしい。

このまま家に帰る場合はシャワーは浴びない。けれど今夜は一緒に食事に行くことになったためマナーとして汗を流した。

汗でしっとりとした肌も好きだが、こうしてシャワーを浴びればやはりすっきりする。

別のレッスンを受けていた智子たちは、すでに休息スペースでわいわいおしゃべりをしていた。

「お待たせしてすみません」

「大丈夫よ、ゆっくりで」

「そうよ、香乃ちゃん」

香乃が近寄っていくと、彼女たちから「このお店にしようと思うけどいい？」と言われた。好き嫌いのない香乃は笑顔で頷いて、彼女たちのあとについてヨガ教室を出た。

ビルの三階にあるヨガ教室にはエレベーターもあるけれど「これも運動よ」と言って智子たちはいつも階段を使っている。

「どっちが好きかわからない、なんて言ってみたかったかも」

「どっちも好きって言えば面白くなりそうよね」

「そんな気の多いヒロインはタブーよ、きっと」

階段を下りていると、話題はいつのまにか、彼女たちが今はまっている人気ドラマへと移っていた。

三角関係のオフィスラブのようで、ヒロインが二人のヒーローのどちらを選ぶのか、注目が集まっているらしい。

香乃はそのドラマを見ていないが、彼女たちの話を毎週聞かされているので内容は知っている。

「昨夜のドラマの話ですか？」

「そうなの！　昨夜はとうとうねえ、ヒロインが二人の男から告白されちゃったのよ！」

なかなかドロドロの展開だなあと思う。

真意を見せず強引にアプローチしてくる男と、どこまでも支えて守ろうとする男。どちらも魅力的な若手俳優が演じているせいで、女性誌には「どちらがいいか」みたいな特集記事が掲載されまくっている。

最後までヒロインの選ぶ相手が明かされないというのが、このドラマの見どころのひとつになっているようだ。

王道パターンなら「どちらも選べない！」と言って身を引く展開になるのだろうけど……

「キスすれば一発でどっちが好きかなんてわかるのにね」

智子がからっとした口調で言う。

「ああ、そうね。キスできるか、気持ちいいか、もっとしたいか、ではっきりするわね」

すると朝美も、智子の言葉にうんうんと同意する。

「……そうなんですか？」

香乃としては、二人の持論が少々乱暴に思えて思わず口をはさんでしまった。

「好き」かどうか「キス」すればわかる？

ハードルが低いのか高いのかよくわからない。

「ママ友が言っていたんだけどね。キスってほら唾液が絡むでしょう？　その唾液にはね、相手の遺伝子情報があって、人間って自分の遺伝子配列とは似ていない人を求めるんだって。ほら、生き残っていくための生存本能だったかな。似た遺伝子よりは正反対の遺伝子のほうが、強いって言うか」

「なんか難しい内容ね」

智子の説明を、朝美は苦笑しながら聞いていた。

「だから……キスすれば、この遺伝子が欲しいかどうかわかるんだって」

「じゃあ、私は旦那の遺伝子が欲しかったってこと？」

「だから、好きな男とのキスは『甘い』らしいわよ」

得意げに智子が断言した。

「えー、甘かったかなあ、旦那とのキス」

何かを思い出しているのか、朝美の表情が少女のようにかわいらしくなる。

「たぶん甘かったのよ、ずっとキスしていたくなるくらい」

いつも元気な智子が、しみじみと言うものだから余計に真実味がある。

だんだん赤裸々（せきらら）な話題になってきて、香乃はほんの少し離れながら話を聞いていた。

旦那さんや子どもの愚痴（ぐち）を言うこともあるけれど、彼女たちはいつも幸せそうに見える。恋人のいない香乃には、結婚、ましてや出産なんて想像もつかないけれど、その道を歩いてきた彼女たちの話にはどこか説得力があった。

階段を下りきると、ヨガ教室の入っているビルを出た。駅に近いため、日は暮れても煌(きら)びやかな明かりが灯(とも)り、行き交う人で溢(あふ)れていた。

甘かっただろうか……彼とのキスは。

そんなことを感じる暇もなく、流されて、騙(だま)されて傷ついた。

誰かと甘いキスをする未来なんて、これから先自分にやってくるのだろうか。

そのとき、香乃の脳裏に一瞬ある男性の顔が過(よぎ)った。

「香乃ちゃん!」

直後、記憶と同じ甘い声が聞こえて香乃は思わず声のしたほうを振り返った。

どうしてここに? とか、偶然なの? とか考える前に、どくんっと心臓が鳴った。

「さ、笹井さん」

会社帰りだと思われる、スーツ姿の響也がそこにいた。

彼は早足で香乃に近づいてくると、目の前で立ち止まる。

「香乃ちゃん……会いたかった」

思わず口をついて出たというような呟(つぶや)きが、彼の心情を表していた。

どうしてこの人は、初対面同然の香乃に、こんなに甘い眼差しを向けてくるのか。

「会いたかった」と言葉どおりの気持ちを、真っ直ぐにぶつけてくるのか。

彼が向けてくる強い感情に、香乃の気持ちは揺さぶられて言葉を失くしてしまう。

ただ彼を見つめ返すことしかできない。

「あら」

「まあ」

さらに距離を縮めようとした響也は、そこですっと表情を改めて、香乃の後ろへ視線を向けた。

「突然お声掛けしてすみません。笹井響也と言います。香乃ちゃん……香乃さんと少しお話をしたいのですがよろしいですか？」

がらりと口調を変えた響也に、香乃はそれが後ろにいる彼女たちに言った言葉だと気づいた。

「私たち香乃ちゃんと職場が一緒なの」

「香乃ちゃんったら、やっぱりお約束があったの？」

「いえっ！　違います」

「あら、じゃあもしかして香乃ちゃんのこと口説（くど）いている最中かしら？」

即座に否定した香乃に、朝美がさらっと核心を突いてきた。

どうしてこんなに勘がいいのだろう。たったこれだけの接触で全てを見抜かれそうで焦る。

「はい、そうなんです」

響也は照れもせずに堂々と答えると、甘い眼差しを香乃に向けた。

そして意味深に微笑む。

イケメンのこんな笑みを見れば興奮しない女性はいない。案の定、智子と朝美は高い声を上げて香乃と響也を交互に見つめた。

「さ、笹井さんっ！　変なこと言わないでください！」

「嘘は言っていないよ」

やわらかく真摯な口調で言うと、響也は真面目な表情になる。

「香乃ちゃん、良かったらこれから食事でもどうかな？」

響也からはメールでも散々誘われていた。そのたびにいつも予定があると言って断っていた。

「すみません。今日は先約があるんです」

響也がなぜここにいるのかはわからないが、一人でないときで良かったと思った。今日は嘘でなく断ることができる。

「あら、香乃ちゃん……せっかくだし彼とお食事に行って来たら？」

「そうよ、私たちとはいつでも行けるんだから！」

「え……？」

ところが、予想外に流れが変わり始めて、香乃は慌てる。

「あのっ、私はっ、お二人と食事に行きたいです！」

はっきりきっぱり希望を言ったのに、いつの間にか智子と朝美は、響也と同じ方向に立っていた。

そしてなぜか香乃を説得する態勢になっている。

「あらあ、こんないい男が誘いにきたんだもの、チャンスを逃さないほうがいいわ」

「そうよ、週末なんだし楽しんでらっしゃい」

「ありがとうございます。食事のあとはきちんとお送りするとお約束します」

響也がすかさず、智子たちに真面目に答える。

「そんなっ……私、困ります!!」

勝手に話を進められて、香乃は思わず叫んだ。

彼女たちは顔を見合わせると、そっと香乃に近づいて響也から距離を取った。

「香乃ちゃん……本当に嫌？」

先ほどまでのからかうような気配をすっかり消して、小さな声で問うてくる。

「あのね、私たちだって香乃ちゃんが心から嫌がっていたり、迷惑がっていたりしたらこんなこと言わないわ」

「そうよ。香乃ちゃんが本気で嫌がっていたら、断ってあげる」

予想外の言葉に香乃は智子と朝美を見た。

大きな子どもがいるとは思えないくらい、かわいらしい二人。いつも元気で朗(ほが)らかな二人が、慈(いつく)しみを込めた真剣な目で香乃をじっと見つめる。

「笹井さんが声を掛けてきたときの香乃ちゃん、びっくりしてはいたけどものすごくかわいらしい表情をしていたのよ」

「そう……今だって、戸惑っているのはわかるけど、嫌そうには見えないの」

「………」

優しく諭(さと)すように言われて、香乃は言葉を失った。

一緒に働き始めてから……彼女たちは香乃を本当にかわいがってくれている。少しずつ香乃の不安や戸惑いを消して、自然に距離を縮めてきた。香乃が精神的にいっぱいいっぱいになっているときも、体調が悪そうなときもすぐに気づいてくれる。

まるで本当の母親のように。

一度、「どうしてそんなに私のことがわかるんですか？」と聞いたことがあった。すると、「子どもを育てているからかなあ。ずっと一緒にいると些細(ささい)な変化にも気づいちゃうのよ。香乃ちゃんとは家族と同じくらい長く過ごしているもの。母になった女の勘はすごいのよ」と言われた。

その勘によって、香乃自身さえはっきりわかっていない気持ちに気づいたというのだろうか。

「香乃ちゃん。本当に嫌？」

改めて問われて香乃はうつむく。

嫌なわけじゃない。

本気で嫌なら彼に連絡先など教えなかった。

でも教えてしまった。メールの返事なんてしなければいいのに、返してしまう。

響也に振り回されている気がするけれど、きっと思わせぶりな態度を取っているのは香乃のほうだ。

だがどうしていいかわからないのだ。

混乱して、戸惑って、逃げている。

「香乃ちゃんが本当に嫌なら、予定どおり私たちと食事に行こう。でも、少しでも気持ちが揺らいでいるなら……勇気を出してみたら？」

「彼……悪い男じゃなさそうだしね」

香乃はそっと響也を盗み見た。

余裕のある風情なのに、どことなく緊張しているようにも見える。

ワイン会のときもいろんな表情を見せてくれたけれど、あの夜も今も変わらないものがひとつだけある。

何かを探し求めているような、強く真っ直ぐな眼差しだ。

その視線はいつも香乃の行動をおかしくさせる。

頭でわかっていることと真逆の行動を取らせる。

香乃はふっと息を吐くと「一緒に行けなくてごめんなさい」と智子たちに小さく言った。

言った瞬間二人は安心したように優しく微笑む。それが痛いほど胸に染みた。

「香乃ちゃんをお願いね。私たちにとって大切なお嬢さんだから」

「はい。お二人の信頼は決して裏切りません」

響也はわずかに表情をゆるめたあと、改めて頭を下げた。

彼女たちに対して真摯（しんし）な態度で向き合ってくれた彼に、今度は自分がきちんと向き合う番かもしれないと思い始めていた。


「強引なことして、ごめん」

手を振る彼女たちを見送っていると、響也が謝罪してきた。

そして控えめに、連れて行きたい店があるんだと言われる。小さく頷いた香乃は、少し距離をあけて響也の隣を歩き出した。

「あの……どうして、ここに？」

「……弘人が……この間ワイン会で一緒だった男を覚えている？　彼が、香乃ちゃんをこの駅の周辺で見かけたって教えてくれた。あのとき、ヨガに行っているって話もしてくれただろう？　火曜と金曜の仕事帰りに行くことが多いって。それで、この辺のヨガ教室を調べて、目星をつけて待ち伏せした。ごめん、引いたよね？」

「少し」

「そうだな、ごめん。でもどうしてももう一度君に会いたかった」

響也のことを何も知らなければ、まるでストーカーのような行為に怯えていたかもしれない。でも、これまでささやかに交わしたメールから、彼の誠実な人柄がうかがえた。香乃がどんなに素っ気ない返信をしても、彼は気にしていないようなメールを送ってくるし、香乃の負担にならないよう気遣ってくれているのが伝わってきた。

なぜか響也に興味を持たれている。

それは自惚れでなければ、好意的な感情のように思う。

響也がどうして自分に好意的な興味を抱いているのか、香乃にはまったくわからない。美咲や千鶴ならともかく、香乃には一目惚れされる要素などないからだ。

こうして一緒に道を歩いていても、彼はいつの間にか周囲の視線を集めている。すっと伸びた背中も、よれなどひとつもないスーツも、香乃に合わせたゆるやかな歩調も、どことなく品があってつい目で追ってしまう。

無意識に見惚れていた自分にはっとして、香乃は慌てて彼から視線をそらした。

大通りから脇道に入ると、人気が急に少なくなった。古びたマンションや建物の合間に、おしゃれな飲食店がぽつぽつ姿を見せる。

響也は和風建築の小さなお店へと足を向けた。地面に設置されたスポットライトが淡く白壁を照らしている。濃紺の暖簾がたなびく格子戸を開けると、石畳の細い通路が続いていた。

「足元気をつけて」

自然と彼にエスコートされて店内に入る。

全体的に和風な設えで、鶯色の壁には季節の花が飾られた一輪挿しがあった。カウンター席はほぼ埋まっていて、その背後を通り抜けながら奥のテーブル席に案内された。

「店構えは上品だけど、料理は和定食がメインだ。お釜で炊くご飯がうまいんだ」

テーブルの間は格子で区切られているが、完全な個室ではない。二人掛けのテーブル以外にも四人掛けのテーブルなどもあって、落ち着いた雰囲気で食事を楽しめる店のようだった。

「飲み物は何がいい？」

響也と向かい合わせに座って、香乃は差し出されたメニューを見た。オーソドックスに生ビールも酎ハイも、日本酒も焼酎もある。香乃はなんでも飲めるタイプだが今夜は飲まないほうがいい気がしてウーロン茶を頼む。響也は生ビールを頼んだ。

食事のメニューを見ると、響也の言うとおり定食がメインだった。

香乃は久しぶりにお魚が食べたくなって、本日の煮魚定食にする。響也はお肉の定食を選んだ。

「ヨガは長いの？」

「通い始めて一年ぐらいになります」

「今日会った職場の人と一緒に？」

「同じヨガ教室ですが、いつもなら通う曜日が違うんです。今日はたまたまお二人ともご主人やお子さんが家にいないみたいで、一緒に行こうって誘われたんです……そのあとの食事も」

「そうか、ごめん！」

「いいえ、お誘いを受けたのは私ですし」

「職場の人は、優しそうだね」

「ええ、人間関係には恵まれていると思っています」

ワイン会でも会話を交わしたからか、そう身構えずに話ができた。

響也の雰囲気はやわらかい。

一見すると近寄りがたいのに、彼は上手にそれをオブラートに包んで、気楽な空気を出している。

強引なことをされたのに怒る気にならないのは、そんな雰囲気があるせいだ。

お料理が運ばれてくると、当たり障りのない話題が続いた。

ソムリエスクールに通っている弘人や美咲の話。響也が会社ではどんな仕事をしているかなど、差し障りのない範囲でプライベートを織り交ぜながら、話題を展開していく。

穏やかな口調に艶のある声。話をする香乃を優しく見つめる目。しっかり話を聞くようにきちんと頷いて、香乃の会話を途中で途切れさせることもない。

素直に心地いいと思った。

響也の包み込むような雰囲気は、香乃の緊張を少しずつ和らげていく。昔から知り合いだったような気分にさせられる。

（流されちゃだめだよ……）

香乃は心地よさを感じながらも、何度となく自分にそう言い聞かせた。

甘辛く炊かれたいさきの煮魚は、ぱさつきもなくしっとりしていた。白いご飯は艶々でふっくらしている。水菜としめじと柿を合わせた白和えも、かぼちゃやさつまいも、栗とレンコンなどの炊き合わせも、家庭的なメニューでありながら、食器も盛り付け方も味付けも上品で素晴らしかった。

「とてもおいしいです」

「うん。ここは家庭料理がメインだけど、食材にもこだわっているし、下ごしらえも丁寧なんだ。加えて味噌汁とご飯がうまい」

確かにお味噌汁は出汁の風味が効いていて、コクがあっておいしい。

お味噌汁を味わった香乃は、お椀を持つ左手の指で軽く箸先を挟む。そのまま右手を離して上からお箸を持ち直すと、そっと箸置きに置いた。そうして最後にお椀を両手で持ち、静かにテーブルに戻す。

「香乃ちゃんは、所作が綺麗だね」

「……ありがとうございます」

「両手できちんと器を持つ子、あまりいないから」

香乃は以前、美咲や千鶴と一緒に、マナースクールへ通っていたことがあった。そこで、お箸を片手で持ったまま器を膳に戻してはいけないと教わったのだ。それ以来、食事の際にはできるだけ気をつけるようにしている。

「マナースクールで学んだんです。笹井さんこそ、よくご存じですね」

洋食のマナーは知っていても、和食のマナーを知らない人は意外に多い。箸置きからお箸を持ち上げるのにも、実はきちんとした所作がある。

「外資系の会社に勤めているからね。顧客が海外の人だと和食が喜ばれる。日本以上にマナーに敏感な国もあるから、一通り勉強した」

それから響也は海外で経験したマナーの失敗談を語ってくれた。完璧に見える彼のそんな話を聞いていると、自然と緊張が解けて笑顔になっていく。

他にも、お薦めの和食屋さんの名前を、おいしそうなメニューとともに挙げられ、行ってみたいと興味を持ってしまう。

いつの間にか、彼の話に引き込まれ、会話を楽しんでいた。

そして、そんな風に感じる自分に気づくたびに、香乃の混乱は増していくのだ。

「迷惑でなければ、これからも、こんな風に食事に誘いたい」

食事を終えて、温かいほうじ茶をいただいているとき、響也がそう切り出した。

香乃はなんと答えていいかわからない。

『食事だけなら』

『都合がつけば』

そんな当たり障りのない言葉が頭に浮かぶ。なのに、口から出てこない。

口を開けては閉じるを繰り返す香乃を見て、苦笑した響也がすっと背筋を伸ばす。

「ごめん。君が困っているのはわかっているんだ。でも、どうしても香乃ちゃんのことが気になって仕方ない。会ったばかりで、すぐには信じられないと思う。だから少しずつでいい、こうして俺のことを知ってもらう機会をくれないだろうか」

そう言って、響也は真っ直ぐに香乃を見つめてきた。

「友達からでも構わない。俺にチャンスをくれないか？」

彼の強い眼差しに香乃は息を呑む。しかし、はっきりとした答えを告げられないまま、瞬きを繰り返すことしかできなかった。


アルコールは一滴も口にしていない。けれど体が火照ってふわふわしている。

駅まで送ると言ってくれた響也の後ろを、香乃は黙ってついていく。

結局、響也の申し出に返事をすることができなかった。

出会いは、ワイン会のあったフレンチレストラン。

階段から足を踏み外した香乃を助けてくれた。きっかけといえばただそれだけ。

なのに同じテーブルについて話をする前から、なぜか響也は香乃に興味を持っていた。

それがわからない。

彼の言うとおり、香乃は信じられないのだ。

だから、これからも食事に誘いたいと言う響也に、返事ができないでいる。

関係を続けたくないのであれば、あの夜連絡先を教えてほしいという彼の願いを拒めばよかった。

にもかかわらず、こうして連絡先を教えておきながら、のらりくらりと誘いを躱して思わせぶりな態度を取っている。傍から見れば、なんて自分は嫌な女だろう。

この道の先を行けば大通りに出る。そこから駅はすぐだ。響也の歩調はゆっくりで、時折香乃がついてきているか確認するように、こちらを振り返る気配を感じる。

香乃は響也の靴の踵ばかり見て歩き、視線が合わないようにしていた。

(恋は『痛い』んだから、簡単に流されちゃダメ……)

相手の甘い言葉にも、強い眼差しにも、強引な誘いにもきっと裏がある。それを読み取ることができなくて、過去にたくさん傷ついた。

だから、彼の言うことを簡単に信じてはいけない。慎重に、響也の言葉の裏にあるものを見抜かなければならない。

けれどワイン会のときも今夜も、響也の言動に裏があるようには思えなかった。響也はいつも、真っ直ぐに香乃に向かってくる。

真剣な目で見つめてくる。

だから、心が勝手に走りだそうとするのだ。

何度もダメだと言い聞かせている時点で、はっきりと拒めない時点で、自分の心が何を求めているか、本当はもうわかっている。

「笹井さんっ!」

意を決して、名前を呼んだ。

響也はすぐさま振り返って、香乃の前まで戻ってくる。

「どうかした？」

「どうして私なんですか？　美咲ちゃんたちなら興味を持つのもわかります。でも私はそういうタイプじゃないし……どうしてあなたみたいな人が私に興味を持つのかわからないんです」

香乃はまくしたてるように疑問をぶつけた。

そう、どんなに裏を読もうとしたって、香乃にはわからない。だったら素直に聞いたほうがいい。

昔もそうだった。

どうして彼が自分を構ってくれるのかわからなかった。でも一緒にいられるのが嬉しくて、勝手に期待して舞い上がって、彼に求められるまま応じた。

彼に誘われたら素直についていって、彼が望むように食事の準備をして世話を焼いた。

彼が喜ぶ顔を見たくて、いろいろしてあげたくてそれが愛情だと信じていた。

けれどその愛情は、ひどい形で終わりを迎えた。

今度は間違えたくない。

もう、あんな思いはしたくない。

ただ流されてしまいたくない。

どういうつもりなのか、香乃に何を求めているのか、彼の真意が知りたい。

こうして問うても、響也が嘘をつかないとは限らないけれど、聞かずにはいられなかった。

響也は瞬き（まばた）を数回すると、すっと口元を結んだ。

そしてゆっくりと口を開く。

「……君が俺を警戒しているのは気づいていた。だから、どうして君のことが気になっているのか、正直に伝えたほうがいいことはわかってる。でもそれをしたら……引かれる気がして……」

口元を手で覆（おお）って、らしくなく響也は口ごもった。

「引かれる？」

「そう。嫌われるって意味でね」

響也は苦笑してため息をつく。香乃はわけがわからずに首をかしげた。

興味を持った理由を伝えれば嫌われる……嫌われるようなきっかけで興味を持つことなんてあるのだろうか。

「香乃ちゃん……ちょっと後ろを向いてくれる？」

「はい？」

「どうしても確かめたいことがある。それもあって、もう一度君に会いたかったんだ」

「確かめたいこと？」

「ああ」

迷いながらもどことなく決意を秘めた表情の響也に、香乃はくるりと後ろを向いた。

ふっと響也が背後に近づいたのがわかる。思わずびくりとするけれど、彼は香乃に触れるでもなく、すぐ後ろに立っているだけだった。

「……笹井さん？」

「……やっぱり！」

思わずといった感じで、後ろから両肩を掴まれた。香乃は「きゃっ」と声を上げて咄嗟に逃げ出す。

「っと、ごめんっ！　驚かせて悪い」

降参のポーズのように両手を上げて、響也がすかさず謝罪してきた。

人通りの少ない薄暗い路地にもかかわらず、響也の顔がほんのり赤くなっている気がして、香乃は戸惑う。

「やっぱり……って何ですか？」

「…………」

「笹井さん？」

「君が……俺の理想なんだ」

ぼそぼそっと呟いたあと、響也は真面目な顔をして香乃に真っ直ぐ向き直った。

「君の匂いが、俺の理想の匂いなんだ」
真剣な口調で言われた内容を、香乃はすぐには理解できなかった。

数日前の夜、響也の思いがけない発言に香乃の思考はフリーズしてしまった。駅まで送ってもらうだけのつもりだったのに、「心配だから部屋まで送りたい」と言われ、結局二人でタクシーに乗った。

そして家まで送ってもらった。

メールのやりとりでは、できるだけ個人情報をさらさないように気をつけていたのに、家を教えてしまったと気づいたのは、部屋に入って一息ついてからだ。

あの日の自分は彼の言葉によほど動揺していたのだと思う。

香乃はお風呂からあがると、昨日響也から届いたばかりのメールを表示した。香乃の都合のつく日を伺う内容のものだ。香乃は少しそれを眺めたあと、パソコンのブラウザをたちあげて空欄に「フェチ」という言葉を入れて検索した。

世の中にはいろんなフェチの人がいる。

「足フェチ」「髪フェチ」「声フェチ」など、なんとなくわかるものから、そうでないものまで。

『君を助けたあのとき……すごい衝撃を受けたんだ。ああ、これだって、俺が求めていたのはこの匂いだって思った』

響也はいわゆる「匂いフェチ」にあたるのだろうか――

響也に匂いについて言われた日から、香乃は自分の匂いを気にするようになった。

香水はもちろん、柔軟剤も、アロマも、香りのするハンドクリームさえ使わない香乃は自分がどんな匂いをしているか意識したことがない。まして、自分の匂いについて誰かに指摘されたこともなかった。

香乃はパソコンのモニターに表示された、様々な「匂い」の項目を指でなぞりながら、あの夜聞いた彼の言葉を思い出す。

『君の匂いが特別変わっているというわけじゃない。一目惚れのきっかけにも、顔やスタイルが好みとか、声が好きとか、いろいろあるだろう？　それと一緒で、俺は君の匂いがものすごく好みみたいなんだ。……でも、ワイン会のときには、はっきりと確信が持てなかった。だからどうしてももう一度君に会って、確かめたかった』

そして響也は、再び香乃に告げてきた。

『香乃ちゃんの匂いは俺の理想だ』と――

響也は、自分がおかしな発言をしている自覚があったようで、茫然と固まっている香乃に苦笑していた。そして言ったのだ。

『きっかけが何であれ君に惹かれているのは本当なんだ。だから俺とまた会ってほしい』と。

「匂いか……」

彼に対してあんなに警戒していたのに、あの言葉を聞いてすっかり気が抜けてしまった。

元カレは香乃に『一緒にいると安らぐ』とか『素直なところがいいよ』とか、香乃のいろんな部分を褒めてくれた。耳に心地いいそれらの言葉は、香乃をその気にさせるためだけのもので、彼の本音ではなかった。

なぜなら、彼の恋人は、綺麗で華やかでしっかりした——香乃とは正反対の女性だったのだから。

そう思うと、響也の『匂い』が好きというのはある意味わかりやすくていい。

時間が経って、響也の言葉を思い出すたびに、そんな風に思うようになってきた。

——『匂い』が好み。

ただそれだけの理由で香乃の連絡先を欲し、メールを送り続け、ストーカー一歩手前の待ち伏せまでして、会いに来た。

そして、正直に『理想の匂いだったから』と、香乃に興味を持った理由を告げてきた。

きっと響也なら本心をオブラートに包んで、甘い言葉で女の子をその気にさせることだって簡単にできたはずだ。

なのに、正直な気持ちでぶつかってきた。

（そっか……最初から嘘も誤魔化しもなく真っ直ぐにぶつかってくれたから）

どんなに彼の言動の裏を読もうとしてもわからなかったはずだ。

だって彼には、最初から裏なんて一切なかったのだから。

初対面の日の響也を思い出す。

明らかに意識をしていると告げる真っ直ぐな視線。

一度別れたあと、再び香乃のもとに戻ってまで連絡先を聞いてきたときの切ない声。

だから、心が動いたのかもしれない

嘘だらけで終わった恋を経験したからこそ、その真っ直ぐさが眩(まぶ)しくて仕方がなかった。

香乃はひとしきりパソコンを眺めたあと、初めて自分から響也にメールを送った。

＊＊＊

仕事を終えて部屋に帰った響也は、まずキッチンに設置してあるワインセラーに向かった。このセラーと中身のワインの大半は、ワイン好きの叔父に譲ってもらったものだ。

響也は、昔から匂いに敏感な子どもだったらしい。

そして、そんな響也に目をつけたのが、ワイン好きの叔父だった。

彼は面白がって響也にいろんなワインの匂いを嗅がせた。さらに、ワインの本を買い与え、ブドウの品種や産地について勉強するよう勧めてきた。

二十歳を超えて実際にワインが飲めるようになると、自身でもワインの奥深さを知りすっかりはまってしまった。

ワインに関して、叔父の影響はかなり大きい。

響也がワインバーに誘ったのがきっかけで、弘人もワインに興味を持った。いつの間にか、ソムリエスクールにまで通い始めたのには驚いたが――

なにはともあれ、友人と一緒にワインを楽しめるようになったのはいいことだ。

響也はセラーから目当てのワインを二本見つけると、一本はすぐに取り出せる場所に置き直し、もう一本を取り出した。

秘蔵のワインの一本は、香乃の情報を教えてくれた弘人への成功報酬だ。

響也は一旦ワインをリビングに置くと、スーツから部屋着に着替えた。そうして、グラスを用意してリビングのソファーに座り、ワインのコルクを開ける。

コルクの匂いを嗅いで、傷んでないか確認したあと、大きめのグラスに注いだ。

深みのある赤い色がグラスの中で揺らいで、甘いベリーのような香りがふわっと立ち上(のぼ)る。

響也はその香りをじっくりと吸い込んだ。

「まさか匂いで女の子に惹(ひ)かれるとは思わなかったな」

そう、いくら匂いに敏感だからといって、それで女性を好きになるとは思わなかった。

あの日、営業先で時間を取られて、ワイン会の会場へ到着したのは時間ギリギリだった。

自分と同じように到着が遅れたのか、慌てて階段を下りていく深い緑色のワンピースの女性を見たとき「危ないな」と思った。会場となっていたフレンチレストランの階段は、薄暗い上に急だ。案の定、女性は階段を踏み外してバランスを崩す。

響也は咄嗟(とっさ)に腕を伸ばして落ちそうになった彼女の体を支えた。

その瞬間、ふわりと鼻腔(びこう)をついた彼女の匂いに、どくんっと心臓が鳴った。

反射的に腕の中に収まったやわらかくて小さな体を抱きしめてしまうほど、それは強い衝撃だった。

このまま彼女を抱きしめたい。

ふんわりとした髪に触れたい。

理屈じゃない強い衝動が湧き上がってきた。

顔さえわからない初対面の女性に感じた強い衝動に自分自身が驚いた。

響也はワインを口に含んで、ゆっくりと味わう。開けたばかりでまだ完全に開ききっていない味は、未熟な果実を思わせた。

それは香乃と出会う前の自分に似ている気がする——

仕事も恋愛も当たり障りなく、そつなくこなすだけで、強い衝動や、深い情熱とは無縁だった。

誰かをこんなにも強く欲しいなど、思ったことがなかった。

一年ほど前まで付き合っていた恋人は、会社の同期で同じプロジェクトを担当したことで知り合った女性だ。社内でも綺麗だという噂はあったけれど、実際にとても美しい人だった。

メークをせずとも、ぱっちりとした大きな目は、いつも真っ直ぐに響也を見つめていた。仕事中は邪魔だからと無造作に結んでいた髪も、かわいらしさを損なうことはない。

それでいて仕事はきちっとしており、無理な要求にも落ち着いて対応するところに好感を持った。

だから、彼女に告白されたとき断らなかった。

周囲からお似合いだと言われ、響也も彼女のことをかわいいと、好きだと思っていた。

けれど漠然とした違和感がつきまとっていた。

彼女が思いをぶつけてくるたびに、同じだけの気持ちを返せない自分に気づく。至らないところなどひとつもないのに、どれだけ一緒に居ても心の隙間が埋まらない。

結局、彼女が部署を異動になったのをきっかけに別れを切り出した。

彼女を嫌いになったわけじゃない。

ただ自分の中にある違和感を払拭することができなかっただけだ。

その後、いろんな女性にアプローチされたけれど、その違和感は大きくなる一方だった。

そんなときに香乃と出会ったのだ。

彼女の匂いを嗅いだとき、響也は心の中にぽっかり空いた隙間が一瞬で埋まった気がした。

自分でさえ気づいていなかった隙間の存在を、彼女が教え、そして満たした。

ぽかぽかとした陽だまりのような暖かさ、そしてその奥にはちりちりとした熱もある。

一度知れば手放せない、心地いい感情。

だから、心から彼女が欲しいと思った。

これほどまでに自分から強く求めたのは香乃が初めてだった。

自分がどれだけらしくない行動をしているかは十分に自覚している。

相手の警戒心を解いて、距離を縮めていく方法なんかいくらでもあるはずなのに、香乃にはそれをうまく使えない。

香乃を前にすると冷静でいられない。

初対面から不躾（ぶしつけ）な視線を送り、相手にされていないのにメールを送り続け、ヨガ教室の前で待ち伏せまでして、あげくの果てがあの告白。

「匂いが好き」だと正直に口にしたときの香乃の表情を思い出す。もっとスマートなやり方があったはずなのに、とあれから幾度となく後悔している。

「やっぱり……引かれたかな」

スマホが震えて、響也は何気なく取り出した。

画面に表示されたメールの差出人を見て、思わず息を呑む。

それは、香乃からきたメールだった。

相変わらず簡潔な文面ながら、そこには食事の誘いを受けることと彼女の都合のつく日が書かれていた。

どれだけ勇気を出して送ってきたかわかるから、彼女への愛しさが湧き上がってくる。

この感情の赴（おもむ）くまま、彼女を愛していきたいと響也は強く思った。

＊　＊　＊

響也にメールを送った翌週の金曜日。終業時刻と同時に会社を後にして、香乃は一度自宅に戻った。シャワーを浴びると、数日前から選んでいた洋服に着替える。

美咲たちとの女子会以外でおしゃれをするのは久しぶりで、香乃は落ち着かない気分になりながらもメークをした。

自分から響也の誘いに応じたのは初めてだ。

『痛い』恋を経験した香乃にとって、男性の誘いを受けるのには勇気がいった。

でも彼は、嫌われるかもしれないとわかっていて、『匂い』が好きだと正直に興味を持った理由を話してくれた。

もし、耳に心地いい甘い言葉を並べてアプローチされていたら、ずっと警戒心を抱いたままで誘いを受けることなどできなかっただろう。

彼は、初めて会ったときから、真っ直ぐに香乃を見つめてきた。

裏もない、誤魔化しもしない、真摯に向けられる気持ちを、もう一度素直に信じてみたい。

香乃は部屋を出ると、駅構内の本屋へ足早に向かった。待ち合わせ場所を本屋にしたのは、そこなら多少到着時刻が前後しても、互いに時間をつぶすことができると考えたからだ。

待ち合わせの時間より十分ほど早く着いたので、ゆっくりと店内を見て回る。

ビジネス新書のコーナーに来たとき、見覚えのある背中が目に入った。

ただそこにいるだけなのに、なぜか目を引く。そんな洗練された空気を響也は持っていた。

初めて会ったときからわかっていたけれど、この人はモテるに違いない。こうした男性を女性たちが放っておくとは思えなかった。現に彼は、店内の女性たちの視線を集めている。

気後れして声が掛けられずにいると、響也が香乃に気づいて振り返った。

「香乃ちゃん」

自分の名前がやけに甘く聞こえる。

彼は香乃に向かって、綺麗に微笑んだ。それだけで、彼の纏っていた硬質な空気がふっと和らぐ。

瞬間、香乃の心臓がどくんっと跳ねた。

どんなに言葉を並べて言い訳したって、どんなに理性を働かせて目を背けたって、もう自分を誤魔化せない。

(やっぱり私……この人に惹かれている)

認めてしまえば呆気ない。

恋は『痛い』とわかっているのに、こんなに簡単に人を好きになるなんて……

人は恋をせずにはいられない生き物なのだろうか。

「お待たせしてすみません」

「待ってないよ。むしろ早いぐらいだ」

響也は香乃のそばまで来ると、すっと香乃の全身に視線を流した。

「かわいいね。よく似合っている」

「……あ、りがとうございます」

会ってすぐにかわいいと言われて恥ずかしくなる。香乃はなんとか素直にお礼を口にした。

今日のために選んだ服は、以前千鶴にコーディネートしてもらったものだ。

服の好みが違うので、一緒に買い物に行って互いに見立て合う。香乃はおとなしい系統の服を選びがちで、いつも美咲や千鶴にアドバイスをもらっていた。

オフホワイトのパフスリーブのブラウスは、ウエストのリボンが紺色で甘さを引き締めている。リボンと同じ紺色のスカートは膝下丈であえてタイトなラインを選んだ。

「本屋に用はない？」

「はい」

「なら、このまま食事に行こうか？」

「はい」

本屋を出て、香乃は響也の後をついていった。歩調はゆっくりで、響也は香乃を気にしながら歩いてくれる。けれど週末の駅は人が溢れていて、香乃と響也の間を人が簡単に通り抜けていく。

響也は立ち止まると、すっと香乃に手を伸ばした。

「手を繋ぐのは困る？　週末の夜だし人も多いから」

その申し出に香乃は一瞬ためらった。

（たかが手を繋ぐだけじゃない）

小学生の遠足だって、中学生のフォークダンスだって手は繋ぐ。

響也は強引に香乃の手を取ったりせずに、黙って香乃を待っていた。

香乃は何度か手を握ったり開いたりしたあと、そっと手を伸ばした。彼の手が自然に香乃の手を掴む。長い指が、大きな手が、彼の温もりが、香乃の手を包んだ。

早鐘を打つ鼓動が香乃の耳に届いてくる。こんなに近くにいると彼にも聞こえてしまいそうだ。

緊張しているのに、守られているような気がして、安堵を感じる。

相反する自分の感情に戸惑っていた香乃は、ふと先ほどより歩きやすいことに気づいた。

香乃に歩調を合わせるだけでなく、彼は人とぶつからないようにさりげなく誘導してくれている。

（守られているって……感じるはずよ）

香乃は少しだけ繋いだ手に力を込めた。すると、香乃に応えるみたいに響也の手にも力が入る。

そして、一瞬手の力をゆるめた響也は、互いの指と指を絡ませる繋ぎ方に変えてきた。

たったこれだけで、甘い痺れが走る。

不意に、ヨガ教室の帰りに智子が言っていた言葉を思い出す。

好きかどうかは、キスをすればわかる。

好きな人とのキスは甘い。

こんなときに、いったい何を思い出しているのか。香乃はものすごく恥ずかしくなった。

手を繋いだだけでも、甘く感じてしまったのに……キスなんてしたら……

それ以上考えられなくなって、香乃はレストランに着くまでずっとうつむいていた。

響也が香乃を連れてきたのは、こぢんまりとしたイタリアンレストランだった。洞窟をイメージしているような内装に、天井からぶら下がる丸いガラスのペンダントライトのやわらかな明かりが温もりを添える。

こげ茶色の木のテーブルは、隣とほどよく距離があって、個室ではないけれどそれぞれが会話を楽しめる空間になっていた。

「最初はシャンパンでいい？　それとも軽めのカクテルとかのほうがいいかな？」

「シャンパンで大丈夫です」

「食事の量は普通で大丈夫？」

「はい」

食べる量まで気遣われて、香乃は響也のエスコートの完璧さに驚いていた。

料理を選んで、運ばれたシャンパンを口にしたところで、響也が軽く頭を下げた。

「今日はありがとう。それからこの間は、いきなり待ち伏せして誘ったりしてごめん。……帰り際の発言も」

香乃は持っていたシャンパングラスをテーブルに置いた。

「前回もきちんと謝っていただきましたから、もう気にしていません。それに、帰り際の発言も。ただ――」

「ただ？」

あの夜、彼から『理想の匂いだ』と言われたときは単純にびっくりした。けれど、時間が経てば経つほど、彼の言う『匂い』がどんなものなのか気になってくる。

「……私って匂うんでしょうか？　それがずっと気になってしまって」

自分で匂いを嗅いでみてもさっぱりわからない。

「私……香りの強いものが苦手で、普段は極力香りのないものを使っているんです。だから笹井さんが言っていた私の匂いっていうのがよくわからなくて」

そう、香乃は香りのあるものを避けている。だから、響也が感じているのは、香乃自身の体臭ということになる。

（それはそれで、かなり複雑なんだけど……）

「そう、だね」

響也は香乃の質問にどう答えればいいか、ほんの少し考える。

「この間も言ったけど、君から何か特別な匂いがするというわけじゃないんだ。イメージとしては動物のフェロモンのようなものかな……」

そのとき、料理が運ばれてきてテーブルに置かれる。ひし形のプレートの上にガラスの小さな器がのせられていた。器の中は色の違う二層のムースのようで、ふわふわの泡がこんもりと添えられている。

「トマトとなすのムース仕立てです」と言われて、下の赤い部分がトマトで翡翠色の部分がなすなのだろうと思った。

響也が「いただこうか」と言ったので、添えられていたスプーンを手に取る。

「この泡は……グレープフルーツの香りがするね」

響也は料理を口にする前にそう言った。

香乃は料理をスプーンですくって香りを嗅いでみたけれど、むしろなすの香りのほうが強くてグレープフルーツの匂いはわからない。

だが、口に入れると、響也の言うとおりさわやかな酸味が口の中に広がった。なすの仄(ほの)かな甘味とトマトの酸味、それをまとめるグレープフルーツの泡がまざり合ってとてもおいしい。

「本当ですね。この泡、グレープフルーツの味がします」

でも本当にわずかだ。言われなかったらわからなかったかもしれない、微(かす)かな、風味づけ程度の香り。

「元々匂いには敏感でね。だからといっていわゆるフェチのように特定の匂いが好きと言うのでもない。君の匂いも、たぶん俺にしかわからない」

「……どんな匂いがするんですか？」

香乃がおそるおそる尋ねると、響也は少し目を瞠(みは)ったあと、うっすらと口元に笑みを浮かべた。

そしてぐいっと上体を香乃のほうに近づける。薄暗い照明の中で浮かべたその表情は、ものすごく色っぽかった。

「動物のフェロモンは何のために出ているかわかる？」

低く甘く囁(ささや)くような声で響也は言った。そして至近距離で香乃をじっと見つめる。

響也にしかわからない匂い……そしてイメージするなら動物のフェロモンのようなもの……？

響也が言わんとすることがわかった香乃は、思わず椅子に背中をつけて響也から距離を取った。

響也はにっこり笑うと、体をもとに戻し余裕の仕草でシャンパンを飲み干した。

「君と一緒にいると……俺はいつも酔っている気分になる。だから少しおかしな言動を取っても許してほしい」

おかしな言動って……

熱のこもった視線でずっと見つめてくること？

低く甘い声で囁（ささや）くこと？

それとも、色っぽく微笑むこと？

それら全てを自分がさせているのだと言われた気になって、香乃は頬を手で包んだ。

彼を意識して赤くなった顔を見られたくなかった。

まだシャンパンを飲んだだけなのに体が熱い。

彼が香乃の『匂い』に酔っているというのなら、香乃だって彼の眼差しに酔っている。

「次は白ワインにしようか。いい？」

響也は軽い口調で言って、ウエイターを呼んだ。

それにより、自分たちを取り巻いていた空気が変わって、香乃は少しだけ肩から力を抜くことができた。

食用花でかわいらしく飾られたサラダも、細麺のパスタも、鴨のオレンジソースもおいしかった。

料理とお酒が進むごとに、彼との会話を楽しみ、リラックスした時間を過ごしていた。けれど、ふとした瞬間に見せる響也の眼差しにこもる熱が、香乃の心をざわつかせる。今日はあまり飲んでいないのにすでに酔ったみたいだ。体の中心が熱いくらいに火照っている。

店を出ると、今度は何も言わずに響也は香乃の手を取った。行きと同じ、指と指を絡ませるような繋ぎ方にドキドキするけれど、それ以上に安堵している自分がいた。

駅までの道を無言のままゆっくり歩く。

時折きゅっと繋いだ手に力が込められる。なんだか、言葉以外で会話をしている気分になった。

ずっと繋いでいたい、もっと一緒にいたい、もっと近づきたい。

そんな気持ちが伝わってくる。

きゅっ、きゅっ、きゅっと手に力が入れられて、香乃もそっと力を入れ返す。

「友達からでも構わない……なんて嘘だな」

ぽつりと呟いた響也がぐいっと香乃の手を引いて歩みを止めた。

思わず振りほどこうと動かした香乃の手を、響也が離すまいと強く握りしめる。

「やっぱり君とは……恋人同士としてきちんと付き合いたい」

見上げれば、香乃を『欲のこもった目』で見ている響也がいる。

香乃を酔わせる、情熱を含んだ眼差し。

「こんな風に会えば、手を繋ぎたくなる。手を繋げば抱きしめたくなるし、抱きしめればキスをしたくなる。キスをすればきっと、その先を望む。友達の距離を守ることはできない」

かすれた声に、響也の切なる感情が溢れていた。

「俺と付き合ってほしい」

繋いだ香乃の手はいつしか響也の両手に包まれていた。

体が今まで以上に熱くなる。彼の強い感情が熱を発して流れ込んでくるみたいだ。

真っ直ぐすぎて、正直すぎて、くらくらする。

本音を言えば、付き合うのはもっとお互いを知ってからでも遅くないのではないかと思う。

彼に惹かれているのは確かだ。でも次の恋に踏み出すには勇気がいる。

香乃は思わず口を開いた。

「私は、笹井さんのことをほとんど知りません。笹井さんだって、私の匂いが気に入っただけで、私自身については何も知らないですよね？　もしかしたら……こんなはずじゃなかったって後悔するかもしれない」

「しない」

何のためらいもなく響也は即答した。

「たくさん知っているからって好きになるわけじゃない。俺は確かに君のことをよく知らない。でもまったく知らないわけじゃない。アルコールに強いことも、好き嫌いなくよく食べることも、食べ方が綺麗で、お店のスタッフへきちんと気遣いができることも知っている。職場の人たちにかわいがられていて、心配してくれる友人がいる。それは君が魅力的な女性だからだ」

響也が言葉を並べるたびに、心臓がきゅっと痛くなった。鼓動が速まり、恥ずかしさと困惑がない交ぜになっていく。

通りすがりのタクシーのライトが、一瞬だけ響也の顔を浮かび上がらせた。

「俺が失礼なことばかり言っても、呆れたり怒ったりしない。こうしてきちんと俺に向き合おうとしてくれる。君のことを知れば知るほど、俺はますます惹かれているんだよ。

君が戸惑っているのも、ゆっくり進めたほうがいいこともわかっている。でも……俺は君の一番近くに行きたい」

すっと距離が縮まった。片手は繋いだまま、香乃の手を包んでいたもう片方の手が離れて、そっと香乃の肩を抱き寄せる。

「近くに行きたい」。その言葉どおりに響也は一気に踏み込んできた。

「俺のことが嫌だったら、はっきりと拒んでくれ」

響也が肘を曲げて、ぐいっと香乃を引き寄せた。

傾けられた顔、響也の息遣い、微かな彼自身の香りがわかった。

唇が触れる前、一瞬、響也が動きを止めた。

たぶんそれが最後通告。

香乃が拒むための時間。

けれど香乃はその時間を使うことはなかった。


響也の唇がそっと香乃のそれに触れた。

やわらかな感触は一瞬で、すぐに離れてまた触れてくる。

香乃は目を閉じることができなくて、響也が離れるたびに彼と目が合った。香乃の様子を気遣いながらも、逃げるのは許さない、そんな意思を秘めているようにも見えた。

ふんわりした彼の髪が目元にかかるたびに色香が強くなる。香乃はたまらずに目を閉じた。

瞬間、唇を押し付ける力が強くなる。同時に響也の腕が背中に回ってきつく抱きしめられた。

往来であることも、第三者の視線も、香乃の意識からすぐに消えた。

上唇と下唇を交互に食んでいた唇は、香乃に口を開けるように促してくる。わずかに口元をゆるめると、そっと舌で唇を舐めてきた。濡れた感触に怯んで反射的に唇を開くと、すかさず彼の舌が入り込んで、優しくゆっくりと香乃の舌に絡んだ。

その瞬間、香乃の頭に浮かんだのは『甘い』という言葉——

甘いキスなんて、ただの比喩表現だと思っていた。

粘膜と唾液とが絡む行為に、味なんてあるわけがない。

なのに香乃はキスを甘く感じてしまう。

香乃は無意識に口内にある響也の舌をもっと味わいたくなった。おそるおそる彼に自らの舌を絡めていく。

その変化を敏感に察した響也は、香乃に合わせるように舌の動きをゆるめた。

彼の舌はやわらかく、そして熱くて甘い。唾液が溢れるたびに喉を小さく鳴らす。

緊張してドキドキして、苦しくて少し怖いのに、彼とのキスはとても気持ちがいい。

香乃は思わず響也の背中に腕を回した。しがみついていないと体から力が抜けて立っていられなくなりそうだ。

響也は香乃の背に回した片腕に力を入れて強く抱きしめてきた。

彼の腕の中でキスに溺れる。

響也は、時折香乃の呼吸を助けるように、キスの角度を変える。そのたびに舌が深く絡み合った。

「香乃――」

わずかに唇が離れて、響也が甘く名前を呼び捨てた。胸の奥がきゅんっと痺れる。

「香乃……」

名前を呼んでは唇をふさぐ。大切に囁かれる自分の名前。その先に続く言葉は口にされないのに、なぜか香乃には聞こえる気がした。

「香乃……」

熱く真剣な響也の思いがキスを通して伝わってくる。

ふわりと優しく絡む舌は香乃の口内をゆっくりと味わうように動く。怯えさせないように慎重に。それでいて、時折きゅっと強く力を入れて、香乃の反応を確かめる。

ぬめる舌の感触はますます甘さを増していき、響也の舌に導かれて香乃も舌を動かした。

キスで与えられる甘い快楽は、香乃の不安や戸惑いを溶(と)かしていく。かわりに急速に香乃の中に熱い感情が広がった。

響也のことはほとんど知らない。

香乃のことだって彼は何も知らない。

それなのに惹(ひ)かれていく気持ちだけは、どんどん大きくなっていく。

強く唇を押しつけられて、香乃はさらに口を開けた。響也の舌が奥まで届き、キスがさらに深まる。どちらのものともわからない唾液が溢(あふ)れて、香乃は小さく喘(あえ)いだ。

「んっ」

響也がようやく唇を離して香乃を覗(のぞ)き込んでくる。離れるとなんだか寂しくなって、香乃は涙目になりながら響也を見上げた。

「香乃、そんな目で見ちゃだめだ」

「……さ、さいさん？」

響也は目を細めると、ふっと息を吐いて香乃の額(ひたい)にこつんと自分の額(ひたい)を合わせた。

「キスをやめられなくなるだろう？」

「…………」

香乃の髪に指を絡(から)めて、響也は髪先にキスを落とした。そのままこめかみにもそっと唇を押しあてる。そうして香乃の耳元に口を寄せた。

「返事を聞かせて、香乃。俺と付き合ってくれる？」

低く、それでいて艶（つや）のある声が耳の奥まで響いて、心臓がどくんっと跳ねる。

初めて彼の声を聞いたときと同じ衝動。

今はその理由がわかる。

「……はい」

香乃はためらいつつも、初めてははっきりと響也に返事をした。

瞬間、再びきゅっと彼に抱きしめられる。小さく「ありがとう」と言われて香乃も響也の背中に回した腕に力を入れた。

愛しさが止めどなく溢（あふ）れてきて、再び降りてきた唇を受け止めた。

週明けの月曜日、香乃はお弁当を食べ終えてからトイレで歯磨きを済ませた。

香乃の勤める会社には社食はない。昼食は外食するか、自分の席か部屋の隅の大きなテーブルで食べる。そこはスチール棚で仕切られており、話し合いにも資料の整理にも休憩にも兼用されていた。

香乃は荷物を自席に戻してから、休憩スペースをそっとうかがった。そこには智子と朝美の二人だけが残っていて、ゆったり食後のお茶を飲んでいる。

香乃は周囲に人気（ひとけ）のないのを確かめて、自分もお茶を準備してから、彼女たちのもとへ向かった。

二人の会話が一段落したのを見計らって、おずおずと話を切り出した。

「あの……私、この間の方と、その……お付き合いすることになりました」

改めて口にすると恥ずかしくなる。

朝美は「あら」と嬉しそうに言い、智子は「まあ」と驚いて口を掌で覆った。

そして二人ともにっこりと優しい笑みを浮かべる。

「そっか……良かったわ。余計なお世話だったかなあって、ちょっと心配だったから」

「イケメンだったし、真剣で誠実そうだったから、もしかしたらとは思っていたけどね」

あんな短い接触で、二人には何もかもを見抜かれていたようだ。人生の先輩には敵わないなあと思う。同時に、新しい恋をこんな風に報告できる日が来るなんて考えもしなかった。

「香乃ちゃん、若くてかわいいんだから、素敵な恋をしてね」

「恋かあ、いいよね。今から楽しいことといっぱいで、わくわくしちゃうわね！」

心から楽しそうに言っている智子を見ていると、香乃も前向きになれる。

智子の言うとおり、響也との恋が楽しいことでいっぱいな予感さえする。

そう感じられる自分も、それを喜んでくれる相手がいることも嬉しい。

「秋は連休がたくさんだし、お出かけするにはいいわよね。それからクリスマスにお正月にバレンタインって、イベントも目白押しだし」

「あー、なんか旦那とのデート思い出した」

「ふふ、そうね」

二人の話題はやっぱりぽんぽんっと跳んでいく。

でもおしゃべりしている二人は、嬉しそうに楽しそうに過去を思い出して笑っている。

そんなときの彼女たちはかわいらしく、まるで少女のようだ。

素敵な恋をして、愛し愛され笑顔で日々を過ごしている。

幸せの形を体現しているような二人を見ていると、自分もそんな風になりたいと自然に思えた。

勇気を出して踏み出した一歩が、幸せな未来に続くことを、心から願う香乃だった。

土曜日の午後という時間帯のせいなのか、それともさわやかな秋晴れのお天気のせいだろうか。

電車を降りたときから人の多さは覚悟していたけれど、改札を抜けるとそこは案の定、人で溢れ返っていた。

香乃は人の邪魔にならないところまで移動すると、響也との待ち合わせ場所であるドーナツ屋さんを探し始める。半年前に日本に初上陸したというドーナツ屋さんは、休みともなれば行列ができるほど人気らしい。「人がたくさん並んでいるところだから、わかりやすいと思う」と響也から教えられたとおり、駅前には二列になって並んでいる人たちが見える。

待ち合わせにはまだ十分ほど時間があるし、迷わずに済んだ香乃は、ほっとしながら人の列へ向かって歩き始めた。

「香乃ちゃん！」

突然、名前を呼ばれて手を掴まれる。

振り返ると、慌てた様子の響也がいた。

「笹井さん？」

スーツ姿でない彼は初めてで、香乃は思わず疑問形で名前を呼んだ。薄手のロングコートに、濃いグレーのパンツ。パステルブルーのVニットセーターの色合いが彼にとてもよく似合っている。

上品カジュアルのお手本のような響也の格好に、香乃は思わず見惚れてしまった。

「どこに行くつもりだった？　待ち合わせ場所はあっちだったんだけど……」

「え？　でもドーナツ屋さんの行列」

「……あの行列は、ラスク専門店。俺の目の前を通り過ぎて行くから焦ったよ」

響也は安堵して肩の力を抜くと、小さく笑みを浮かべた。

「もしかして香乃ちゃん……迷いやすいタイプ？」

方向音痴という言葉をやわらげた言い方で彼は聞いてきた。

響也と初めて会った日のワイン会も、確かに迷ってレストランの場所をすぐに見つけられなかった。初めて行くような場所は、事前に調べるものの、現地に行くとわからなくなってしまうことが多い。

「そんなことないですよ……たぶん」

けれど、なんだか恥ずかしくて香乃は曖昧に誤魔化した。

「次からはやっぱり家まで迎えに行くことにする」

響也は香乃と手を繋ぎ直すと、にっこり笑って言った。

実は響也は、最初から家まで迎えに行くと言ってくれていた。けれど、今日の目的地が香乃の家とは逆方向のため、彼には遠回りになってしまう。そう思って「大丈夫ですよ」と遠慮したのだ。

「それに、迎えに行けばもっと長く君と一緒に過ごせるしね」

そっと耳元で告げられて、香乃は思わず口ごもってしまう。

響也はいつも真っ直ぐ香乃にアプローチしてきて、平気で甘い言葉を囁いてくる。香乃はドキドキしっぱなしで戸惑うばかりだ。

男性経験の少ない香乃は、「そうですね」と素直に肯定することも「じゃあ、次は迎えに来てくださいね」とかわいらしく甘えることもできない。なので「今日の会場は近いんですか?」と質問することにした。

「ここからタクシーで十分ほどだよ」

響也はそう言って、香乃の手を引く。乗り場からタクシーに乗っている間も、彼の手が香乃から離れることはなかった。

「知り合いが創作家具の展示会をやるんだ。よかったら付き合ってもらえないかな?」

と響也にデートへ誘われた。

おとなしく見られがちだが、香乃はいろんなことを経験するのが好きだった。だから「面白そうですね、楽しみです」と二つ返事で承知した。

家具といえば、千鶴が引っ越しをしたときに、家具選びに付き合ったことがある。海外ブランドの家具を取り扱うお店巡りをした際、おしゃれなデザインにも、そのお値段にもびっくりした記憶があった。

タクシーを降りると、西洋の建築様式を取り入れた別荘風の大きな建物が目に入った。濃い緑色の屋根に、丸みを帯びた白い柱、等間隔に並んだ窓枠には黒いアイアンの飾りがある。

歴史を感じさせる風情（ふぜい）がありながら、現代にも通用するおしゃれなデザインの建築物だった。

「ここって個人所有のお屋敷なんですか？」

「そう。今回はこのお屋敷の雰囲気を壊さずに、新しい空間を作り上げる家具制作がテーマらしい。家具の展示だけでなく、このお屋敷自体にも価値があるからね。それを見に来ている人も多いみたいだ」

響也の言うとおり思った以上に人が多い。屋敷の裏には立派な庭園があるらしく、散策している人たちの姿も垣間見える。

開け放たれたままの両開きの扉をくぐると、そこは広々とした玄関だった。

大きな吹き抜けの天井には細工（さいく）の綺麗なシャンデリアが煌（きら）めき、飴色（あめいろ）の艶（つや）やかな床を照らしている。そしてその下に放射線状に様々な種類の板が並べられていた。

家具に使用される木の種類を紹介した展示のようだが、これだけでひとつのオブジェのようだ。

香乃は様々な色合いと質感の板に、こんなに木の種類があるのだとびっくりする。

「ウォールナット、チェリー、メープル、オーク……いろいろあるんですね」

「そうだね。同じデザインでも使う素材によって家具の雰囲気もがらりと変わる」

入り口でもらったパンフレットを片手に、香乃は響也とともに屋敷内を歩いた。

いろんな家具職人や家具工房、中には企業も参加して、その部屋に合った家具を製作して置いている。気に入れば個人的に注文することも可能なようだ。

お屋敷内の豪華な部屋の数々を見るだけでも来る価値があった。広さの異なる応接室は三部屋もあったし、リビングルームはものすごく広くて圧巻だった。
展示されている家具は現代的でシンプルなデザインなのに、豪奢な部屋のイメージを損なうどころか、新たな魅力を持った空間を作り上げている。

「このお部屋とってもかわいらしい」

「ティールームだね。ここから見える庭も綺麗だ」

家具はただ並べられているよりも、こうして実際に部屋に置かれているほうがイメージが掴みやすかった。

淡い紫とグリーンが基調となった部屋には、ブラックチェリーの小さなテーブルとチェストがあって、こんな部屋もいいなあと思ってしまう。

ダイニングスペースの中央にあったのは、大きな一枚板を使ったダイニングテーブルだ。

豪奢な部屋の雰囲気には、凝ったデザインの重厚な家具が合いそうなのに、あえてシンプルで素朴なデザインのものを置いている。しかし、大きな一枚板に刻まれた年輪が力強い存在感を主張して、豪奢な部屋の中で独自の雰囲気を作り上げていた。

「すごい……素敵ですね」

「ああ。元々の部屋のイメージを損なわずに、新たな空間を作り上げている。家具ひとつでこんなに変化するなんてすごいな」

ダイニングチェアも、いろんな素材とデザインのものが並んでいた。それでいてバラバラな印象はなくどことなく統一感がある。

響也がひとつの椅子に腰を下ろしたので、香乃も好みの椅子に座ってみた。

この展示会の面白いところは、自由に家具に触るのを許可しているところだ。香乃たちと同じように使用感について語り合っているカップルもいれば、機能美について議論している学生らしいグループもいる。

二階には広めの客間が数部屋用意されていて、それぞれ雰囲気が異なる設え(しつら)になっていた。

「まるでホテルみたい」

「いずれは、その可能性もあるみたいだ。気に入った部屋があった？」

「シックな雰囲気の部屋も大人っぽくて良かったし、和の風情(ふぜい)のあるお部屋も良かったです」

ちょうど香乃の横を通り過ぎていった新婚夫婦らしい二人連れが「こんな新居にしたいね」と話していた。響也にもその声は聞こえたようで、笑顔で話し掛けてくる。

「さすがにちょっと贅沢すぎるけど……二人で暮らす家をイメージするには参考になるな」

意味深な気がするのは彼がじっと香乃を見つめるせいだ。つい二人で暮らす家を想像しかけて「気が早いよ！」と心の中で突っ込んでしまった。

でも部屋を見てそこに家具があれば、二人で一緒にいる空間を想像してしまう。

「行こうか」と手を伸ばされて、香乃はおずおずと響也と手を繋いだ。

子ども部屋に入ると、「俺の知り合いがデザインしたのは、この部屋の家具だよ」と教えてくれる。そこは男の子でも女の子でも、そして子どもが成長してからも使用できる家具をテーマにしていた。

淡い色合いの国産ヒノキを使用していて、どことなくすっきりした木の香りが漂う。丸みを帯びたつくりで子どもの安全に配慮しながらも、シンプルなデザインは大人が使用しても問題ない。

「温かみのある家具ですね。こんな子ども部屋があったら楽しいでしょうね」

「そうだな。あいつも頑張っているみたいだ」

響也は嬉しそうにじっくりと家具を見ている。知り合いの頑張りを自分のことのように誇らしげにしている姿を見て、またひとつ彼について知った気がした。

「響也？」

「樹！」

　響也に声をかけてきたのは、ものすごく綺麗な顔立ちの男性だった。黒いタートルニットに同色の細身のパンツ姿で、モデルのようにスタイルがいい。

「来てくれたんだ」

「おまえが今日ならここにいるって言っていたからだろう。おまえに子ども用家具なんてイメージなかったけど、いいよすごく」

　整った容姿の二人が並ぶと、子ども部屋の雰囲気が一気に華やいだ。

　たまたま部屋を覗いた女性のグループが、小さく歓声を上げ子ども部屋に入ってくる。彼女たちは家具を見ながらも、ちらちらこちらをうかがっていた。

　久しぶりに会ったのか、二人は親しげな口調で話し込んでいる。すると響也が香乃を振り返って、そっと背中に手をあてた。

　彼のお友達と目が合って慌てて頭を下げる。

「新藤香乃さん。こっちは東野樹、学生時代の友人。商品デザインの仕事をしていて、今はなぜか子ども用家具のデザインに携わっている」

「はじめまして。俺に紹介するってことは、特別な女性だってことだな」

「ああ」

　香乃は下げていた頭をがばっと上げて響也を見た。

彼との関係はまだ始まったばかりなのに、こんな風に香乃が特別であることを印象づけるみたいな言い方をするなんて。

「じゃあ、二人が新居を構える際には、ぜひ俺を思い出してくれ」

「そうだな、そのときはインテリアコーディネーターでもしてもらうか」

「それは俺の専門じゃない」

二人は笑い合って互いを励ましたあと別れた。

彼の親しい友人に特別な相手と紹介されたのには驚いたけれど、それを素直に嬉しいと思えた。

考えたら、過去の恋では関係を隠され続けていた。だからこそ、響也が示す特別感が香乃を安心させる。

(大丈夫……この人は、信頼できる)

——むしろ信じたい人だ。

俺のことを知ってほしいと言われたのを思い出す。

香乃の中で彼のことを知りたいという気持ちがむくむくと大きくなった。

もっといろんな顔を見たい。何が好きで、どんなことに興味を持っているか知りたい。

彼が見ている世界を一緒に見てみたい。

響也の強引さに流されて始まった関係かもしれないけれど、香乃は改めて彼に惹かれているのだと、強く実感した。

お屋敷の敷地内に最近オープンしたというレストランを、響也は予約してくれていた。

そこで食事をして、そのあとはライトアップされた洋風庭園を散策した。

左右対称の幾何学模様の苅込には、秋の草花であるコスモスやリンドウ、パンジーなどが淡い明かりに照らされて可憐な姿を見せている。

どこからか金木犀の香りも漂ってきて、響也が「いろんな花の匂いがするな」と苦笑していた。

彼から「そろそろ家まで送るよ」と言われたとき、もっと一緒にいたいと、素直にそう思った。

繋いだ手にぎゅっと力を入れて「もう少し一緒にいたいです」と言うと、響也は目を大きく開いたあと、少し考え込むように顔を背けた。

「その言葉……俺の都合のいいように解釈しても構わないのかな？」

そう言われたとき、なぜかすとんと覚悟が決まった。

恋の進度なんてわからない。

どれぐらい会えば、先に進んでいいのかなんて道しるべもない。

「俺はもっと君のことを知りたい。誰よりも一番近くに行きたい。その意味をきちんとわかっている？」

響也の視線がゆっくりと香乃に戻る。

彼の目には抑えきれない激しい感情が揺らいでいるように見えて、香乃はその視線に捕らえられてしまう。

「私も、笹井さんの一番近くに、行きたいです」

「俺の、名前……呼んで」

響也の手が伸びて、香乃の頬を包んだ。大きな掌もその温かさも香乃を怖がらせたりしない。むしろもっと身を委ねたくなる。

「響也、さん……」

「香乃。今夜はずっと俺と一緒にいてくれる？」

近づいて、彼のことをたくさん知って、自分のことも知ってもらう。

甘いキスが与えてくれるものを、もっと感じたい。

「一緒に、いさせて」

小さな香乃の声は、そのまま響也のキスでふさがれた。

タクシーで連れて行かれたのは、数年前に日本に進出してきた外資系ホテルだった。

エレベーターで高層階のフロントにのぼると、ビルの上層階だとは思えないほど贅沢な吹き抜けの空間が広がっていた。

「会社で利用しているから急な宿泊でも融通が利くんだ」

戸惑う香乃に、響也が教えてくれた。「それに今夜は特別だから」と言われれば、二人の初めての夜を彼が大切に思ってくれていることが伝わってきた。

海外からの顧客を意識してか、部屋の設えは全体的に和風だ。漆を塗ったような格子戸があったり、壁紙も和紙のような質感がある。

部屋の真ん中に大きなベッドがあり、そこから一段下がった場所にはゆったりとしたソファーとテーブルが設置されていて、窓の向こうに広がる夜景を楽しめるようになっていた。

そして障子越しに明かりが漏れてくるスペースが洗面所と浴室になっている。そこでは今、響也がシャワーを浴びていた。

覚悟を決めたものの、実際そうなるとやっぱり緊張してしまう。せっかく先にシャワーを浴びたのに、肌はしっとりと汗をかいている気がした。

バスローブ姿のままベッドで待っているのはいかにも期待しているように感じて、香乃は窓辺に歩み寄った。

目の前に広がるのは煌びやかな夜景。

遮るものが何もない、その美しい夜景に香乃はほっと息をついた。

何もかもが夢みたいだ。

贅沢すぎる空間も、その場所に響也と一緒にいることも、そう決断した自分も。

ふわりと照明が落とされて、香乃は振り返ろうとして背後からゆるく抱きしめられた。

間接照明から漏れる淡い明かりが、窓に反射する自分たちの姿を浮かび上がらせる。

自分の体が緊張で火照っているせいか、シャワーを浴びたばかりの彼の体温のせいなのか、触れ合っている背中が熱い。腰に回された腕にきゅっと力が込められたとき、階段で踏み外しそうになったあの瞬間を思い出した。

「香乃……君が好きだ」

低く甘く耳に吹き込まれる言葉。ぎゅっと心臓がわし掴みにされて、一気に何かがせり上がってくる。

あの夜と同じようにゆっくりと振り返ると、そこには初めて会ったときと変わらない目があった。

香乃を真っ直ぐに見つめる真摯な目。

（ああ……あのときから、きっと——）

彼に囚われていた。

互いの眼差しに浮かぶのはきっと、あの日の感覚。

「初めて会ったときから俺は……」

響也が目を伏せて顔を近づけてくる。

「こうしたかった」

溢れ出る色香に引きずられるかのように、香乃は彼の唇を受け止めた。

強く唇が押し付けられるとすぐに舌が入ってきた。ゆっくりと香乃の口内を探り、頬の裏や歯列を丁寧になぞっていく。舌で舌を撫でられると、すぐに唾液が溢れてきて、粘着質な音が聞こえた。

響也とこうしていると、キスっていやらしいものなのだと思う。同時に気持ちがいいものだということも知った。

だからドキドキして落ち着かないのに、体がふわふわと浮いている気分になる。

「はっ……ん」

香乃がわずかに顔を動かすと、響也の両手で頬を固定された。キスがさらに深まって、唇も舌も唾液も響也に奪われる。

きつくゆるく交互に舌が絡むたびに香乃の体から力が抜けて、窓に背中を預けた。呑み込みきれない唾液が唇の端から零れて、顎から首筋へと伝っていく。それを追いかけるように響也の唇が下がり鎖骨にそっと吸いついた。

「……ぁ」

「いい匂いだ」

響也の唇は鎖骨に、鼻は香乃の首元に押しつけられる。響也が匂いを吸い込んでいるのに気づいて、香乃は急激な羞恥(しゅうち)に襲われた。

彼にしかわからないという香乃の匂い。

そしてその匂いから、彼が何を感じ取るかも教えられた。

それを想像すると、恥ずかしさと同時に興奮を覚える。

響也が体を起こして少し香乃から離れた。目を開ければ、欲望を強く滲(にじ)ませた彼と目が合った。

彼の指が、唾液に濡れた香乃の唇をゆっくりとなぞる。

「俺とのキス……気持ちいい？　そういう表情をしている」

恥ずかしくてたまらないのに、キスが気持ちいいのは事実だった。何より響也は有無(うむ)を言わせない色香を放っている。

「気持ち、いい」

だから口にするのも恥ずかしいのに素直に答えてしまう。

「俺も気持ちいい」

響也が香乃の腕を取って自分の首に回すよう促(うなが)した。香乃は背伸びをして響也にしがみつき、再び唇を重ねた。響也に誘われて彼の口内に舌を伸ばす。溢(あふ)れる唾液を与え合う激しいキスは香乃の理性を溶かしていく。

抱き上げられて驚いているうちにベッドに運ばれた。

宝物のようにそっとベッドに下ろされたとき、すでに香乃のバスローブの紐は解かれて、響也の前に下着姿をさらしていた。羞恥を感じる間もなくキスが続いて、彼の舌の動きに応えるのに夢中になる。

(甘い……キスって、こんなに気持ちのいいものなの?)

体の内側から気持ちのいいものが全身に広がっていく。緊張していたし、彼に素肌をさらすのを恥ずかしいと思っていたのに、そうした一切のことが薄らいでいく。

「あっ……やっ」

「声、かわいい」

腕からバスローブを脱がされて、同時にブラも外される。響也は香乃の鎖骨から首筋までゆっくり舐め上げると、耳にちゅっとキスをした。

「胸、やわらかい。すごく綺麗だ」

そう言って、響也の大きな掌が香乃の胸を包み込む。そのまま優しく胸を揉まれ、そこかしこにキスを落とされた。啄むような感触がくすぐったい。

しばらくすると彼は唇に戻ってきて、二人は吸いつくようなキスを交わした。舌先と舌先が触れ合う動きは淫らなのに、胸を揉む手は優しい。

親指でそっと胸の先を押されて香乃はぴくりと体を震わせた。

「あっ……んっ」

小さな痺れがさざなみのように広がっていく。彼の指は小刻みに動いたり、ゆっくりとなぞったりしながら香乃のやわらかかった場所を少しずつ硬くしていった。

これまでの経験で、胸を触られて気持ちいいと思ったことはあまりない。それなのに胸の先はどんどん硬く尖り、彼に与えられる刺激を敏感に感じ取る。だから、そこに響也の熱い舌の感触がしたとき、香乃は高い声を上げた。

「ひゃっ……さ、さいさんっ」

「香乃、名前」

戒めるようにきゅっと強く胸の先を吸われて、香乃はのけぞった。

「響也さ、んっ」

「香乃……かわいい。もっと俺の名前を呼んで。かわいい声を聞かせて」

響也の声こそ……低く艶があり、名前を呼び捨てられるだけで体が震えそうになる。

硬い殻を、ゆっくりと丁寧にはぎ取っていくように、響也の声と指が香乃の全てを露わにしていった。

胸の先をねっとりと大きく舐め回されたかと思えば、舌先で小さくこすられる。その間も、彼の掌は香乃の肌をさすり、肩から腕、脇腹をなぞった。全身が熱くて、感覚は敏感になるのに、理性はあやふやになっていく。

響也の指は繊細に優しく動いて香乃の官能を目覚めさせていった。

「あっ……はぁっ……んんっ」

いやらしい声が勝手に出てしまう。明らかに感じているとわかる声を発しているのが恥ずかしくて、香乃はきゅっと唇を噛んだ。

「香乃、だめだよ。声を我慢しないで」

「だって……、ひゃあっ……こんな声、恥ずかしいっ！」

香乃の唇をゆるめるように響也がそっと舌で舐めてきた。そのまま再びキスが深まって激しく舌を絡め合う。いつの間にか彼も服を脱いで、直接肌と肌を重ねた。

「恥ずかしくなんかない。俺は君の声を聞いてどこが気持ちいいか探っているんだ。だから素直にそれを教えて」

そう言われても、こんなに淫らな声は出したことがなかった。それに、彼に触れられるのは気持ちがよすぎて、声が止まらなくなるのも怖い。

香乃は反射的に首を左右に振ると、響也をじっと見た。

そのとき、硬いものが太腿に触れているのに気がついてドキッとする。

「……もう、十分です。だから……響也さん」

彼にはまだ一切触れられていない場所が、しっかり濡れていることはわかっている。

久しぶりだけれど彼が入ってきても痛くないはずだ。

「香乃……そんな涙目で俺を誘惑しないでくれる？　まだ俺は君の全部に触れてもいなければ、イかせてもいないんだよ」

「いく？」

いかせる、の言葉の意味がわからなくて、香乃は首をかしげた。

「……もしかしてイったことない？」

「どこにですか？」

「香乃、セックスで気持ちよくなったことない？」

「……今、十分、気持ちいい、ですよ」

そう、激しいキスをされて、胸に触れられて舐められて、香乃は気持ちいいと感じている。響也は少し考えたあと、にっこりと笑った。無邪気ともいえる笑みに香乃はまたドキッとしてしまう。

「気持ちいいなら良かった。でも俺はもっと君を気持ちよくしたい。だから約束。声は殺さないで。そして素直に俺の前で乱れて」

「声？」

「そう、たくさん出していい」

「乱れる？」

「そう……俺が与えるものを素直に感じればいいだけだ。簡単だよ」

香乃の髪に指を絡(から)ませて響也はそっとキスをした。言い聞かせるように言われたせいで、香乃は意味もわからずただ頷いたのだった。


響也の指の動きは決して激しくはなかった。指を入れられたときはびくっとしたけれど、ゆるやかに出し入れされるたびに違和感はすぐに消えた。胸の先を舌で嬲(なぶ)りながら、指が香乃の中を探る。二ヶ所同時に与えられる刺激で、香乃の体はさらに敏感になり、どっちの刺激に喘(あえ)いでいるのか自分でもわからなくなった。

「ひゃっ……ああっ、やあっ」

響也と約束したものの、本当はこんなはしたない声なんか出したくない。

でもこらえることができなかった。

そんなことは初めてで、香乃は与えられる刺激にただただ戸惑う。指が敏感な場所をかするたびにこらえようもなく声が出て体も跳ねる。その上、奥から零(こぼ)れてくる粘着質なものの音までし始めて、香乃は泣きたくなった。

響也の言っていた「イく」という意味もわかり始めている。体がびくびく震えるたびに、軽く呼吸が止まって、全身がきゅっと緊張するのだ。

「響也さんっ、もう……いい、からっ！」

「魅惑的な殺し文句だと思うけど……まだだめだよ。もう少し匂いが変化してからだ」

「匂い……？」

どうしてここで「匂い」が？　と思ったけれどそんな疑問はすぐにかき消される。

ふわっと膣の上部に触れられて香乃は嬌声を上げた。香乃の蜜に濡れた場所は彼の指によって強い快感を感じ始めている。

「ああ、やっと膨らんできた……香乃のここは、恥ずかしがって隠れていたから」

かするようにゆるゆる触られて、香乃はびくびく体を震わせた。感じたことのない感覚は、香乃の奥からいやらしい蜜を溢れさせ、卑猥な声を上げさせる。

それが嫌でしきりに首を左右に振る。けれど、そのたびに響也がそっとキスをして香乃を見つめてきた。

「やっ……そこだめ、おかしくなっちゃうの」

「香乃、おかしくするために触っているんだ。言っただろう？　乱れてって」

「いやらしいのっ……恥ずかしいの！」

「なあ、さっきから俺、煽られっぱなしなんだけど……わざとじゃないよな？」

正直響也が何を言っているのかも、自分が何を口走っているのかもわからない。ただその間も彼の手は優しく香乃の敏感な場所に触れてはゆっくりと高めていく。

ゆるやかだからこそもどかしくて、知らず腰が揺れる。

「香乃……イきそう？」

「あんっ……やだっ、わかんないっ」

「そうだな……一度イったほうが、いいかな。こんな風に泣いているのもかわいいし、もっとじっくり高めてあげたかったけど、きつそうだし」

響也はそう呟くと、そっと香乃のこめかみにキスを落とした。

ぎゅっと肩を抱きしめて、もう片方の手が香乃の脚の間に入り込む。数本の指が入るとき、クチュっといやらしい音がして蜜が零れた。同時に膨らんだ場所にもそっと指をあてられる。

「香乃、目を開けて。俺を見て。体に腕を回して」

香乃は言われるままに響也の背中に手を回した。男の人の肩の厚さに、背中の広さに、安堵してほっと息を吐く。目を開けると響也の顔がすぐ近くにあって、愛しげに香乃を見つめていた。

たったそれだけで、彼の気持ちが伝わってくる。

うぬぼれじゃない。

彼に好かれていると、大事にされていると感じられる。

「声出していいから、乱れていいから、怖がらなくていいから。俺に君が初めてイくところを見せて」

中を探っていた指が動きを速める。それだけで体の奥から何かがせり上がってきて、怖くなった。小さく震えるたびに響也がふわりとキスをして、ぎゅっと強く抱きしめてくれる。

「大丈夫。素直に感じて」

腰がぴくりと跳ねた場所を、響也は見逃さずに小刻みに指でこすってきた。

「ああっ……あんっ、あっ……やあっ、怖いっ」

「怖くない。俺がいるから……そのままイって」

経験したことのない感覚が波のように襲ってくる。自分の体がバラバラになりそうで香乃は必死に響也にしがみついた。

敏感な場所を同時に刺激された瞬間、ぱんっと何かが弾けて、香乃は甘く淫らな声を上げた。

「香乃、上手にイけたね？」

ぴくり、ぴくりと全身が震える。花火のように、体の中心から全身に火花が広がって、肌が熱い。そして波のように押し寄せる痺れ。

響也は香乃の目じりから零れた涙をそっと唇でぬぐった。そんな些細な刺激にも、香乃は小さく声を上げてしまう。

「やんっ」

同時に脚の間の濡れた感触が増した。

「すごく、かわいかった……」

耳元で低く囁(ささや)かれるだけでも反応してしまう。彼の鼻先が耳元や首筋をくすぐってくる。響也は片手で香乃の髪をかき上げると、その手で頬を包み唇をふさいだ。

気持ちよさを知った体は、再びそれを味わおうとする。香乃は自(みずか)ら舌を伸ばして響也の口内を探った。

欲しい、そう体が叫んでいる。何を欲しがっているのかもわかっている。

でもそんなことを感じたのは初めてで、口にはできなかった。

代わりに激しいキスを強請(ねだ)った。

「香乃、かわいくていやらしくなったね」

そう言って、響也は唇を離してしまう。

「響也さん、響也、さんっ」

それが切なくて、香乃は彼の名前を呼んだ。

足りない、足りないと貪欲に叫んでいる何か。

彼との触れ合いは、自分が女だと強く実感させられる。

隙間を今すぐ埋めてほしいと思うのは、彼の手で快楽の先を見せられたせい——

「意地悪したいわけじゃないけど……俺が欲しい？　香乃」

舌を小さく出して、響也は香乃の唇をそっと舐めた。そのまま首筋を辿り鎖骨を舐める。

たったそれだけで、香乃はきゅっと中が締まるのがわかった。

「響也さん……意地悪しないで。欲しい……欲しいから」

響也が求めていることも、自分が求めていることもわかる。

香乃は、互いの熱に促されるままに言葉を発した。

「ちょう、だい」

「ああ、俺の全てを君にあげるよ」

手早く避妊具をつけた響也がゆっくりと香乃の中に入ってくる。

「はっ、きつ」

「ひゃあっ……やんっ、お、きいっ」

大きくてきついのに、もっと奥へ欲しいと思ってしまった。

それが体にも伝わったのか、勝手に中が反応する。

「っ！　香乃！」

「やあっ、きついよぉ」

「それはっ、俺のセリフ！　じっくり味わいたいのに……もたないっ」

　ずんっと奥に届いて、香乃は再度自分がイったのがわかった。響也も香乃の顔の横に肘をついてくっと呻く。響也は動きを止めたのに香乃の中は勝手に蠢いている。

「……気持ちよすぎだろうっ!!」

「ひゃんっ……響也さんっ」

「香乃、耐えられないから動くよ」

　香乃は反射的に頷くと、響也の背中に回した腕に力を込めた。彼の腰が動くたびに香乃の体が上下に揺さぶられる。

　他人には決してさらけ出さない場所で繋がる特別感。彼が体の奥へと入って来るたびに、固く閉ざしていた心の扉が少しずつ開いていく。

「香乃……気持ちいい。君は？　気持ちいい？」

　腰を打ち付けられるたびに、上へずり上がっていく香乃の頭を響也は優しく抱えた。時折ふわりと頭を撫でて、香乃にキスをする。

　気持ちいいと伝えたくて、香乃は舌を伸ばした。彼の背中を撫でて体中で彼を受け止める。

　繋がることがこんなに気持ちいいなんて知らなかった。

　こんなに嬉しいことだなんて知らなかった。

『声を出して、乱れて――』

その夜、響也が言った言葉の意味を、香乃は体で彼に教えられたのだった。

＊＊＊

二人で夜を過ごしてから数日後。仕事に一区切りつけると、響也は休憩スペースに向かった。スマホを手にして、香乃からのメッセージをもう一度見る。

『遅くまでお疲れ様です。お仕事頑張ってください』

という定型文のような内容でも、彼女からのメッセージであるというだけで心がふわりと温かくなる。

コーヒーを飲みながら、スマホで秋の行楽特集という記事をタップしていった。

秋は祝日が多い。

どこか香乃と一緒に遠出できたらいい。車でドライブがてら紅葉を見に行って、そのまま温泉旅館に宿泊すればゆっくり過ごせるだろう。少し気が早いかもしれないがクリスマスイブのことも考える。今からならまだレストランやホテルの予約に間に合うだろうか。

オーソドックスかもしれないが、香乃とはそういうことをきちんとやっていきたいと思った。

「お、珍しいな。響也がこんな時間まで残業なんて」

同期の弘人が休憩スペースに顔を出し、自動販売機の前にやって来た。

「お疲れ。おまえも残業？」

「出張報告書作成中。響也は？　今なんか大変な仕事抱えていた？」

「いや。できるだけ金曜日は残業しなくて済むように調整中」

それを聞いた弘人は一瞬呆気に取られたあと、苦笑した。

弘人には情報提供の成功報酬として、レアなワインをきちんと渡していた。あのときの弘人は、珍しいワインに「いいのか!?　本当に」と驚きながらも喜んでいた。

「おまえ……変わったなあ。女のためにそこまでするようになるとは」

「ああ、そうだな。俺もそう思っている」

「……まあ、彼女に出会ったときから、もうおまえおかしかったもんな。今まで連絡先とか名刺とか、どんなに強請られたって断っていたのに、自分から差し出してたし」

響也はワイン会の日の自分を思い出す。

出会ってすぐに彼女のことが知りたくてたまらなかった。相手のことを知るためにはまず自分のことを教えるのが手っ取り早い。

香乃に対しては出し惜しみをしようとか、駆け引きしようとか、そういった恋愛の手管が使えない。いや、使おうと思わない。

「必死だったからな」

「確かに」

だから弘人からもたらされた不確かな情報にも縋りついた。彼女の通うヨガ教室を調べて待ち伏せするなんて、過去の自分からは想像できない。

仕事を調整しているのも、相手が彼女だからだ。

これまでは、相手と空いた時間が合えば約束をする程度で、仕事を調整してまでわざわざ会おうなんて思わなかった。

香乃は、響也が誘えば会ってくれるけれど、まだ自分から会いたいと言ってきたりはしない。気持ちを向けてくれてはいるけれど、どことなくぎこちなさや遠慮がある。

それらを早く払拭するためには、できるだけ一緒に過ごす時間が必要なのだ。そのためにも仕事を調整して時間を確保して、週末は彼女と会う。

彼女のことを考えたら、多少無理な残業も苦にならなかった。

「でも、まさかおまえが一目惚れするとは思わなかったなあ」

しみじみ呟いたあと、弘人はコーヒーを一気に飲み干す。ガリガリと氷をかみ砕く豪快さとは、似合わないセリフだ。

一目惚れねえ……と響也は思う。

彼女の顔を見るより早く、「この子が欲しい」という衝動が起こった。

ああいうのも一目惚れになるのだろうか。

一目惚れなどしたことはないが、そんな生温いような感情じゃない。もっと切実で必死な、彼女しかいらないと思ってしまうほど、どちらかといえば危険な感情。

触れて抱いてからは特に、満たされるどころか益々彼女に飢えている。

首筋から立ち上る彼女の匂い。

それを吸い込むだけでも理性が崩壊するのに、香乃の反応は男性経験があるとは思えないほど初心で、ついいろいろしたくなる。

もっと気持ちよくしてあげたいし、色っぽい声を聞きたい。涙目で懇願されれば、いくらでも願いを叶えてあげたくなるし、逆に少しだけ追い詰めたくもなる。

「そうだな。何をしてもかわいいと思うのは初めてだ。緊張して警戒されれば、煽られている気分になるし、遠慮がちだとつけ込みたくなる。慣れてなくて初々しいと、手取り足取り教えたくなる……」

「おまえ、何想像してんの？」

「いや、別に」

わざと咳き込んで、脳裏に浮かんだ妄想を消した。恋人の話をしているだけで、そんなことを考える自分をまずいな、と感じる。

「響也……おまえ大丈夫かよ」

相手が弘人だから、こうして素直に心配してくれるが、これが裕貴だったら思いっきりからかわれたに違いない。

「まあ、正直……暴走している自覚はあるからな」

「おまえが暴走ねえ。まあ、でも今のおまえ、悪くねーよ」

弘人の言葉に響也は目を見開いた。そして、決まり悪さに彼から目をそらす。まさか弘人にそんな風に言われるとは思わなかった。この男の目から見ても、今の自分はこれまでと違っているのだと思うと照れ臭い。

「先に仕事に戻る」

「おう、頑張れー」

弘人に見送られながら、彼の言うとおり今の自分も悪くない、と思う響也だった。

＊＊＊

響也と付き合い始めてから気づいたことがある。

彼は毎日、寝る前のメールを欠かさない。平日は少しでも時間があれば食事に誘ってくれるし、休みの日は一緒に過ごそうとデートに連れ出してくれる。送り迎えは当たり前だと思っているようだし、外を歩くときは必ず手を繋ぐ。

金曜日の今日も外で食事をして、そして今、初めて響也のマンションに連れてきてもらった。

着替えや洗面道具など、彼の部屋に泊まるための準備をしながら、そういえば元カレの部屋には行ったことがなかったと気づいた。元カレと響也との違いを目の当たりにするごとに、自分がどれだけ都合のいい浮気相手だったか思い知る。

今ではすっかり、あれは恋と呼べる代物ではなかったのかもしれないと思い始めている。

響也は香乃の手を引きながら背の高いマンションに入っていく。彼のもう片方の手は香乃の荷物を持ってくれていた。響也はいつも、会うとすぐに荷物を持ってくれる。

響也は優しい。

自然に女の子扱いされて、彼からとても大切にされているとわかる。

エレベーターは中層階より上で止まった。内廊下はホテルのような内装で、グレードの高さがうかがえる。

「どうぞ、入って」

響也に促されて香乃はおずおずと部屋に入った。

廊下の突き当たりの扉を開けると広いリビングルームが目に入る。栗色の床材に、銀色のフレームの黒いソファー。センターテーブルに積まれた雑誌の一番上には、英字新聞がある。

　カウンターキッチンには食事を取れるテーブルがついていて、黒いスツールが二台並んでいた。

　壁面に備え付けられた棚には、様々なジャンルの書籍があり、その隙間に小さなサボテンだとかサングラスだとかが置かれている。

　男性っぽい色合いと素材に、落ち着かない気分になった。

「周りに高層マンションが立ち並んでいるから、夜景はいまいちなんだけど」

　香乃の荷物をソファーに置いて、響也はカーテンを閉める。

　そして上着を脱ぐと、定位置なのか黒い枝のオブジェの端に引っかけて、ネクタイを解いた。

　いつもきちんとしたスーツ姿しか見ていなかったから、隙のある彼の姿に、どきんとしてしまう。

　響也は時々、何気なく女の官能をくすぐる仕草をする。

　ネクタイを解くときにかける指だったり、斜めに顔を傾けて上目遣いになる目線だったり、そんな些細な仕草がやけに目を引くのだ。

「コーヒーより……アルコールがいい？　お茶もあるけど」

響也が振り返って香乃を見た。

初めて会ったときから彼が上等な部類の男性であることはわかっていた。

勤務先だって大手企業だし、多少強引な部分はあったけれど、香乃への対応もスマートだ。

さりげない優しさと、相手への気遣いを忘れない。

こうして彼のプライベートな空間に足を踏み入れて、おしゃれで洗練された生活スタイルを目の当たりにすると自分との違いに気づいてしまう。

彼をもっと知りたいと思って、付き合うことにした。

けれど、響也を知れば知るほど惹かれていく部分もあれば、こうして住む世界の違いに戸惑う部分も出てくる。

「香乃？」

「あ、素敵なお部屋ですね……」

込み上げてくる不安がどこからくるのか自分でもわからずに、当たり障りのない言葉を口にした。

響也が近づいて、ふわりと抱きしめられる。

時々彼を遠くに感じて香乃が立ちすくんでいると、すぐにこうして近くに来てくれる。

彼の温もりにそっと身を寄せた。

「もしかして、緊張している？」

そうなのかもしれない。

一人暮らしの男性の部屋に入るのは初めてだから。

あまりにも立派なマンションだったから。

素の彼にドキドキするから。

彼のシャツをぎゅっと掴（つか）んで、香乃は響也を見上げた。悲しいわけでもないのに、視界が微（かす）かにぼやけてくる。

「香乃……男の部屋でその反応は……逆効果だ」

「え？」

「あからさまに怯（おび）えられると、仕掛けたくなるのが男だよ」

ふっとこめかみにキスが落ちる。そのまま唇がふさがれた。

すぐに舌が入ってきて、香乃の舌をくすぐり始める。唾液が溢（あふ）れ出すと、響也はわざと音を立てるようにして舌を絡（から）めてきた。

香乃は響也のキスに弱い。

初めてキスをしたときも、あまりに気持ちよすぎて自分から求めてしまった。彼とのキスはいつも『甘い』と感じる。今にも抜けそうな腰を支えるように響也の腕が腰に回された。

「んっ」

キスだけで声が出る。

「飲み物は……なくていい？」

「んんっ」

「シャワーもあとにしよう。このまま君を貪(むさぼ)り尽くしたい」

香乃の返事を聞くことなく、響也はキスの合間に妖(あや)しげな言葉を囁(ささや)いて追い詰めてくる。

ブラウスのボタンを外す前にスカートのファスナーを下ろされた。止める間もなく、スカートが足元に落ちる。

明かりの煌々(こうこう)とついたリビングで下半身だけ脱がされて、さすがに香乃は力を入れて彼の手を拒(こば)んだ。

「やっ……響也さん、ここじゃ」

「ここじゃなければいい？　今すぐ君を抱きたい」

響也のスイッチがどこで入ったのか香乃にはわからなかった。

ただ彼の強い色香に、香乃は簡単に絡(から)め取られてしまう。抱き上げられて寝室に連れて行かれる間、香乃は抵抗することができなかった。

響也は、ベッドに押し倒した香乃の首筋に顔を埋めてきた。香乃の髪をはらい耳元にそっとキスをする。唇が触れたかと思えば舌でなぞられて、香乃は肩をよじった。響也は耳たぶを食み、首筋を舌で舐め上げる。

「いい匂い」

耳元で低くかすれた声が響いた。

響也に匂いを嗅がれると、彼がそこに何を感じているかわかって香乃は体の奥がきゅっと疼いた。

いつの間にかブラウスのボタンは全部外されて、ブラがずらされる。呆気なく香乃は響也の手で裸にされた。

だいぶ涼しくなって汗をあまりかかない季節になった。けれど、一日過ごした自分の体臭はやっぱり気になる。

でも響也は香乃の匂いが消えてしまうからと、シャワーを浴びずにセックスするのを好んだ。

慣れたと言えば慣れたけれど、羞恥心はいつまでたってもぬぐえない。

唇が触れて舌が伸ばされる。迷うことなく口を開けて受け入れると互いの舌先を突き合う。無味のはずなのにやっぱり甘く感じて、香乃はもっととせがむように響也の後頭部に手を回した。

「俺とのキス、好き？」

唇を離して、響也は服を脱ぎながら香乃に問うた。

どうしてそんなことを？　という風に見上げると、響也が妖しく笑った。

「キスすると……女の顔になるから。それに匂いが変わる」

「え？」

素肌をさらした響也は香乃に体重をかけないように覆いかぶさった。香乃の顎から首へと小さなキスを落としたあと、耳にふっと息を吹きかける。

「俺を興奮させる匂いだ」

羞恥に思わず顔を背けると、響也は香乃の頬を両手で包んだ。口の端を上げて、甘く香乃を見下ろす。そしてそっと親指を香乃の口の中に入れた。

「あっ」

彼の指を噛むわけにはいかなくて、香乃は薄く口を開けた。舌を親指でなぞられると唾液が溢れてきた。口を閉じることも、嚥下することもできずに、端から唾液が流れていく。

頬を伝い顎に落ち、そして響也のベッドのシーツを汚す。

響也は構わずに香乃の舌を弄んだ。

「俺の部屋に来たせいかな……外で会うときよりはっきり匂いがわかる」

恍惚と述べる彼の表情はどこまでも色っぽい。香乃は響也の醸し出す雰囲気に呑まれていった。

興奮する。

響也が香乃の匂いに興奮するように、香乃で興奮する響也に欲情してしまう。

その衝動のまま、香乃は口内にある響也の親指を舐めた。

唇をすぼめて吸い上げる。上目遣いで響也の表情を見ると、目を細めて何かに耐えるように眉間にしわを寄せていた。

「香乃、そんな表情で男を煽ればどうなるかわかっている？　止められなくなるし、優しくできないよ。乱してイかせて、追い詰めたくなる」

響也はぐいっと香乃の舌を親指で押さえ込んだ。そうされると、呑み込めない唾液がどんどん奥に溜まっていく。響也は親指を口内に入れたまま、香乃の唇に自分の唇を重ねた。

溢れた唾液を吸い込むキスはあまりにも卑猥すぎて、香乃はくらくらしてきた。

響也が香乃の匂いに惑うように、香乃も響也の色香に惑う。二人は溺れるみたいに互いの唾液を呑み込む淫らなキスを交わし続けた。

顎の周りが唾液まみれになる。それを響也が舌で舐め上げた。ぬぐっているのか濡らしていのかわからない行為。香乃の唾液にまみれた響也の親指は、今は香乃の胸の先をくるくるといじっていた。滑りをよくしたそこは簡単に硬くなる。

すっかりぴんと尖り切ると、響也は舌で転がし始めた。左右の胸を、指と舌とでかわいがる。触られているのは胸なのに、自分のいやらしい部分から蜜が零れていくのがわかった。

「胸、ばっかり、やだぁ」

胸への愛撫だけで、体の奥が切なく疼いて香乃は弱音を吐いた。

「大丈夫。こっちもかわいがってあげるから」

言うなり響也は、香乃の膝を曲げてゆっくりと開いた。寝室の明かりは、部屋の隅にあるスタンドライトだけだ。けれどベッドの下側から照らされているせいで、香乃の秘めた部分が明かりのもとにさらされる。

「ここが……一番いい匂いだって知っていた？」

響也は、香乃の匂いが好きだと言った。大抵は首筋の匂いを嗅ぐから、そこが一番匂うのだと思っていた。

「君が恥ずかしがると思って言わなかったけど、ここの匂いが一番いい」

香乃はあまりの羞恥に、反射的に首を左右に振る。

脚を閉じようと力を入れたけれど、逆に彼の手で押さえつけられた。

両脚を広げたあられもない格好で、響也にすっかり濡れそぼった部分をさらしている。

この状況で、そんなことを言われたら恥ずかしくてたまらない。

なのに香乃の体はますます敏感になって反応する。

「響也さんっ！」

「恥ずかしがる君はたまらなく色っぽい。普段はあどけないのに、こういうときはすごく女だ。ああ、せっかく開いたのにきゅって閉まった。俺のを早く食べたがっているみたいだ」

「やあっ、そんな意地悪言わないで」

「君がかわいすぎるせいだ。ああ、ほら甘い蜜が零れてきた」

彼の言葉は意地悪なのに声が甘い。

響也のいやらしい言葉と甘い声に香乃の体は応えて、淫らな姿をさらしてしまう。

「でも先に俺に香乃を味わわせて。いい匂いがしてうまそうだ」

香乃の膝を押さえたまま、響也は香乃の秘所に口をつけた。

「ひゃあ!!　ああっ……んんっ……はぁん」

自分のいやらしい嬌声が響也の寝室に響く。

溢れた蜜に吸いつく卑猥な音と、あられもない自分の喘ぎ声に香乃はますます煽られた。

響也は丹念にそこを舐め上げ、音を立てて蜜をすする。そしてぬかるんだそこへ舌をねじこんできた。かと思えばぷっくりと膨らんだ敏感な花芽を刺激され、香乃は強い快感に脚を突っ張る。

どこかに力を入れていないと、意識が飛んでしまいそうで怖い。

けれど力を入れれば入れるほど、きゅっと中が締まっていく。

「やあっ……ああっ!!　あ……」

「香乃、イくときは教えて」

そんな恥ずかしい言葉を言ったことは一度もない。なのに、香乃は教えられたことを忠実に守る生徒のごとく叫んだ。

「……ちゃ……イっちゃ、う。ああんっ!!」

香乃の言葉に合わせて、響也は再びちゅっと花芽に吸いついた。びくびくと全身が突っ張ると、蜜がどっと溢れた。

「いっぱい出たね……すごく濃くて、いやらしくて、興奮する」

響也は顔を上げて、香乃の片方の脚を抱える。そして、中心から溢れ出る蜜を指ですくい取ると、見せつけるようにそれを舐めた。香乃は強すぎる快楽に涙ぐみながら、その仕草をぼんやり眺めた。

いやらしいのは響也だと思う。それなのに、指がそこをかすめるだけで香乃は感じてしまうのだ。

そして達したあとに訪れるのは、壮絶な欲求――

「響也さん……お願い」

「香乃……」

「ああっ、やだぁ……またイっちゃう！」

響也の指は戯れるように下半身へ触れてくるだけだ。強い刺激ではないのに香乃の体は再び達しようとする。激しく息を乱しながら香乃は懇願した。

「響也さんっ、お願いっ、もう」

「言っただろう？　追い詰めたくなるって」

響也の指先が再び香乃の口の中に入れられた。香乃は反射的にそれを舐める。煽ったのは香乃が先だとわからせる行為。

片方は香乃の口に、そしてもう片方は香乃の中に入ってくる。両方同時にかきまぜられて唾液と蜜が溢れてくる。動きが激しくはないからこそ、卑猥な音が余計に大きく響いた。

小刻みに体が跳ねて、香乃の胸が揺れる。軽い刺激が幾度もさざ波のように押し寄せて、じわじわと全身に広がっていく。

「香乃、何度でもイって。もっと乱れて」

強い快感が襲ってきて香乃は首を振って、響也の指を口から離した。解放された口から、たまらず快楽の響きをまき散らす。

「ああっ……イ……く。響也、さんっ、お願い！　いれて」

「……はっ、香乃！」

体の疼(うず)きに耐えられず香乃は響也を見つめた。彼に願いが伝わるように再度口にする。

「欲しいの」

言い終えると同時に中から指が抜かれて、避妊具をつけた響也が香乃の中に入ってきた。

待ち望んだものが奥に到達した瞬間、香乃は背中をのけぞらせて嬌声(きょうせい)を上げる。

ゆるやかにイかされ続けた体に一気に快楽が与えられて、意識が飛びそうになった。

それが怖くて香乃は彼の体をぎゅっと抱きしめる。

「くっ」

小さく響也が呻(うめ)く。彼が漏(も)らした声にまで反応して香乃はさらに中を収縮させた。そのとき、顔にぽたっと滴(しずく)が落ちてきて目を開ける。目の前に、眉根を寄せてぐっと何かに耐える男の顔があった。こめかみから汗の玉が流れ落ちていく。

「香乃……締めるな」

「だって……」

響也が腰を引くと、追い縋るように中が蠢く。一度達した体は貪欲で、どこまでも彼を搾り取ろうと無意識に反応する。

大きなものが隙間を埋める感覚がこんなに気持ちいいとは思わなかった。

彼が奥に腰を進めるたびに、もっと深く繋がりたいと願ってしまう。

「やあっ……あんっ」

「きっつ……ごめん、もたない！」

はっと熱い息を吐き出し、くやしげに言った響也が数度強く腰を打ちつけた。

気持ちいい場所を的確に抉ってくる動きは、呆気なく香乃を高みへと引き上げる。避妊具越しに熱いものが放たれた気がした。

「ひゃっ」

響也が香乃から自身を抜いただけで、びくびくと体が震える。繋がりがなくなったことも、彼の体温が離れたことも寂しいと感じた。

「まだ、足りないよな」

処理を済ませた響也が、再び避妊具をつけて香乃のもとに戻ってくる。優しく髪を撫でられて額にキスが落とされた。そうしてゆっくりと香乃の体をうつぶせにするとまた中に入ってくる。さっき終えたばかりなのに、彼のものはすでに硬さを取り戻していた。

「あっ……んっ、あっ、あっ」

体位が変わったため、先ほどとは異なる場所にあたってくる。

「香乃の気持ちいい場所を教えて」

響也は腰を回したり浅く出し入れしたりして香乃の反応をうかがう。ゆっくりと引き出しては素早く奥に突き入れたりして、膣内のあらゆる場所を探っていく。

お腹の前のほうを突かれたとき、香乃の肘から力が抜けた。

「ああっ‼」

思いがけない強い刺激に身を震わせて、顔を枕に押しあてる。すると、響也が香乃の腰を掴んで高く上げた。卑猥な部分を全てさらけ出す体勢が恥ずかしくてたまらない。なのに、中を激しく抉られると腰が勝手に揺れてしまう。

部屋の中に、互いの体をぶつける音と溢れ出る蜜の音がいやらしく響いた。

「香乃！　はっ、すごい、どんどん濡れてくる」

香乃の中に彼自身が出入りする様子も、そこから蜜が溢れてくるのも彼の目にははっきり見えているだろう。

「あん、あんっ……あんっ」

彼のものが中を抉ってくるたびに声が出てしまう。本当に気持ちがいいときは声が抑えられないのだと初めて知った。

響也がすっと背中を撫でると、鳥肌が立った。背中が感じることに香乃はびっくりする。どこまで自分の体は彼に快感を覚え込まされてしまうのだろうか。

響也に触れられれば、体のどんな場所も反応してしまいそうだ。

背中を撫(な)でていた手がそっと香乃の胸の下に触れた。下から持ち上げられるように揺らされる。響也が腰を打ちつけるたびに揺れる胸は、彼の掌(てのひら)で形を変える。

「ひゃっ……響也さんっ、そこは、だめっ！」

叫んだ瞬間、響也はきゅっと香乃の胸の先を指の間ではさんだ。

「だめじゃないだろう？　香乃の中、きゅっと締まった。ああ、ほらまた零(こぼ)れてきたよ。気持ちいいってここは素直に教えてくれる」

香乃の反応に合わせるみたいに、響也は胸の先をつまんだり弾いたり、指先でくるくる動かしたりする。胸の先はじんじん痺(しび)れて、体の中心はどこを突かれても気持ちがいい。今や全身で快楽を感じていて、香乃はただ喘(あえ)ぐことしかできなかった。

「ひゃっ……あっ……んんっ!!」

ずんっと最奥(さいおう)を突かれた瞬間、響也の指が香乃の一番弱い場所をかすった。すっかり膨らんだ花芽をくすぐられて香乃は嬌声(きょうせい)を上げて身を震わせた。

「やあっ……ああんっ、イっちゃう!!」

「――っ！　香乃」

体の中心から頭のてっぺんにぞくぞくした痺(しび)れが走って香乃は叫んだ。

けれど響也は動きをゆるめることなく、さらに追い立ててくる。

「やあっ……だめっ、ああ、やだっ……また、きちゃう」

香乃が達したことは響也もわかっているはずだ。なのに彼は片方の手で胸の先をつまんだまま腰を揺らし、もう片方で花芽をいじり続ける。隙間から零(こぼ)れる蜜を塗りたくって、深く腰を沈めてきた。膨らみきった花芽は、激しく触られても痛みを感じない。むしろもっと触ってほしいと願うかのように硬く立ち上がっていく。

「何度でもイけばいい。中からどんどん溢(あふ)れて、いやらしくてたまらない」

「やっ、んんっ、だめぇ……おかしく、なっちゃう！」

「おかしくなって。もっと乱れて。かわいくていやらしい香乃を俺に見せて」

響也は香乃のお腹に手を回すと、そのまま座位の姿勢へと引き上げた。

響也の胸に背中を預けて、背後から抱きしめられる。中に入ったものの位置がまた変わって、香乃は再び達してしまった。

けれど、脚を広げたまま下から突き上げられる。これ以上の快楽は無理だと思うのに、体はむしろ喜んでいた。

「ああっ……はっ、はぁん、はんっ」

溢(あふ)れ出る声が自分のものとは思えないほど艶(つや)めいて、いやらしさを増している。

しがみつく場所を探して、香乃は自分を抱きしめる響也の腕に手を伸ばした。

　すると彼は右手を香乃の左手に伸ばし、指を絡めるように手を繋いでくれる。

　響也は香乃の首筋を舐めて、時折匂いを嗅いでいる。そのたびに、ぴくりと中で彼が大きくなり香乃を刺激した。

「ああんっ……響也、さんっ。ふ、かいっ」

「ああ、奥まで届くね」

「奥……響也さんが奥まで」

「そうだよ。香乃の一番深い場所、いやらしい場所に俺が触れている」

「やあっ……そこっ、だめっ」

　感じたことのない場所に刺激が与えられて、香乃は混乱する。こんな弱い場所が自分にあったのだと思うくらい深いところを刺激されて、次第にわけがわからなくなってきた。

　突き上げられるたびに胸が揺れて、その尖った部分を響也の指にこすられる。

　香乃と繋がれたほうの手は下がり、香乃の中を出入りするものに指が触れた。

「香乃……わかる？　君の中に俺がいる」

　指で触れたそこは、ひどく濡れていて熱い。理性が残っていれば拒んでいた行為も、快楽に支配された今は何も考えられない。

「君の弱い場所を、教えてあげるよ」

そう耳元で囁き香乃の項に吸いついた響也は、香乃の指を掴んで花芽を強く押しつぶした。

「やああんっ!!」

一際大きな声を上げると、奥に溜まっていたものが一気に溢れ出てくる。

汗と涙と涎と……もっといやらしいものを流して、香乃は響也の腕の中で激しく乱れた。

＊　＊　＊

響也はミネラルウォーターのペットボトルを持って寝室に戻った。香乃は裸でベッドに横たわったまま、肩で息をしている。おそらく体がだるくて動けないのだろう。その姿は再び押し倒したくなるほどいやらしくてかわいい。

「喉渇いただろう?」

「んんっ」

香乃が顔だけを響也に向けた。しっとり濡れて乱れた髪が頬に張りついている。未だ熱い吐息を漏らしている艶っぽい横顔は、セックスをした相手にだけ見せる特別な表情だ。

響也は香乃の体を抱き起こすと、まず自分が水を口に含む。それをそのまま口移しで香乃に与えた。

香乃は何をされるかわからなかったのだろう。

反射的に口を開いて、冷たいものが入ったことに気づくとこくんこくんと飲み始めた。

「あ、の自分で」

「俺が飲ませる」

かすれた声さえかわいい。

口移しを繰り返すごとに、香乃もコツを掴んできて素直に水を飲んでくれる。白い喉が上下に動くのを見ていると、いつか俺のものも……と野蛮な考えが浮かんで慌てて消した。

男の願望とはいえ、大事な女性に強制していいことじゃない。

ひとしきり水を飲んで満足したのか、香乃はほっと息を吐いた。くたりと脱力して響也にもたれかかってくる彼女を見て、暴走してしまった自分を反省する。

自分の部屋に連れてきたのがまずかった。

元々香乃を前にすると愛しさが溢れて、すぐに理性がどこかに行ってしまうけれど、さすがに今夜はやりすぎたと思っている。

「大丈夫か？」

香乃はこくんと頷く。とろんとした表情がかわいい。裸身を隠す余裕もない彼女を響也は自分の胸に抱え込む。香乃はすんなり響也の胸に背中を預けてくる。

響也はセックスの余韻を残した体をじっくりと眺めた。

汗で湿った肌はほんのりピンク色に火照っている。胸はふんわりやわらかそうなのに、その先はつんと尖っていた。脚を開けば、まだそこから蜜が零れ出てくるかもしれない。

「ごめん、香乃がかわいすぎて止まらなかった」

響也は再び火のつきそうな欲望をぐっと抑えて、香乃の頭にキスを落とした。

香乃はぱちぱちと瞬きをしたあと、ほんのり頬を染める。

「私も、こんなに、その、乱れたの……初めてです」

うつむいて、なおかつ響也のせいで嗄れてしまった声でたどたどしく呟く。

「香乃が素直に乱れてくれるから俺は嬉しかったよ」

あまりに可憐すぎて、抑えがきかなくなりそうだ。彼女のお腹に回した手が悪さをしないように響也は自身を律した。

限界まで追い詰めてしまったことは反省しているが、同時にこんな香乃を見られるのは嬉しい。

警戒心でいっぱいだった彼女が、これほどまでに無防備な姿を見せてくれるのだから。

響也はぎゅっと彼女を抱きしめた。

「どれだけ乱れても、どんな姿を見ても俺は君が好きだよ。だから不安にならなくていい」

「……はい」

香乃は嬉しそうにはにかんで、そして力なく瞬きをする。

「響也さん……眠いです」

「ああ、一緒に寝よう」

響也は名残惜しい気持ちで、香乃の体をそっと横たえた。そして彼女の額にキスを落とすと、ゆるく抱き寄せる。

彼女の温もりと匂いに包まれて幸せな気持ちで、目を閉じた。

＊＊＊

土曜日。

美咲と千鶴の仕事が忙しくて、ワイン会以来久しぶりの女子会になった。場所はホテルのスパ。

今回はちょっと奮発して、ホテルのエステプランを利用することにした。

午前中、全身をたっぷりお手入れしてもらったあと、ホテル内のレストランでランチを楽しむ。

二人からは「今日はゆっくり話を聞かせてもらうからねー」と宣言されていた。

響也と付き合い始めてすぐに、二人にはメールで報告していた。

美咲からは『詳しく聞きたいけど、それは今度会ったときに』、千鶴からは『良かったね。おめでとう♪』とそれぞれ返事がきた。

だからランチでいろいろ聞かれる覚悟はできている。

エステのオプションで綺麗にメークを施してもらった三人は、レストランの個室で合流した。

「あら、香乃ちゃん、お肌艶々」

美咲がにやりと笑って言ってくる。

「エステしてもらったんだから、当然でしょう！」

「それだけじゃない輝きが、そこはかとなく漂っているけど」

千鶴にも意味深に言われて、香乃は慌てて話題を変えた。

「美咲ちゃん、髪切った？」

すぐにエステルームに案内されたので気づかなかったが、肩まであったはずの美咲の髪が顎のラインまで短くなっている。首筋に沿うように毛先が揺れて、ますます大人っぽく見えた。千鶴は逆に伸びた毛先をゆるやかに巻いていて、女性らしい雰囲気に変わっている。

「これから寒くなるのに思い切ったのね、美咲」

「首元がもこもこする季節だからこそ、短くしてみたの！　久しぶりだけどどう？」

「うん、大人っぽくって似合っているよ」

三人で互いに褒め合いながら、シャンパンで乾杯した。

昼間からお酒を飲むなんて贅沢だなあと思うけれど、こんな時間があるから日常生活を頑張れる気がする。

「それで、笹井さんとはうまくいっているの？」

美咲がグラスを回して香りを楽しみつつ、からかうように言ってきた。

「うん……おかげさまで」

「笹井さん、あのとき香乃だけを見ていたものね。でも良かった。香乃がまた恋愛する気になってくれて」

「強引すぎたからどうかなあと思っていたけど、香乃にはあれぐらい強引じゃないとだめだったのかも」

「香乃が連絡先教えた時点で、笹井さんの勝ちだったものね」

香乃はいたたまれなくなって、小さな前菜の盛り合わせを黙って口に運ぶ。

「そうそう。それに、笹井さんもだけど……香乃の表情もちょっと違っていたからねえ。あー気になっているんだなーって。だからそのうちくっつくだろうなあと思ってたけど」

「……そう、だった？」

美咲の言葉に香乃は思わず首を傾ける。似たようなことを会社の同僚の二人にも言われた。

「うん、嫌がっていないなとは思った」

千鶴にまで言われて、たったあれだけの時間で恋に落ちていたらしい自分に恥ずかしくなる。

さらに美咲が、『メールの返事が素っ気なくて落ち込んでいた』だの『どうしたら誘いをかわされずにすむか悩んでいた』だのといった響也の情報を暴露し始める。響也の同期である弘人から聞き出したらしい。

いつの間に頼んだのか、グラスの中身は赤紫色のワインに変わっていた。

「香乃を手に入れたいなら、それぐらいの努力は当然だけど」

「そうよー。私も紺野さんに釘を刺しておいたから」

そこで美咲は言葉を区切る。

「だから大丈夫、香乃。笹井さんは間違いなくフリーだし、香乃のこと本気だよ。彼のことは信じていいと思う」

「美咲ちゃん……」

がらりと真面目な口調になった美咲は、まるで香乃を見守る姉のような眼差しをしていた。

千鶴も深く頷いている。

二人は、香乃が傷ついた過去の恋の全てを知っている。

仕事を辞めて、他人が信じられずに引きこもっていた。そのとき、ふたりは忙しい中、有休を取ってまで一緒に居て慰(なぐさ)めてくれた。毎日のようにメールや電話で励(はげ)まして、週末には遊びに連れ出してくれた。香乃の気持ちが落ち着くまで、二人はずっと気にかけてくれていたのだ。

「彼のこと、好きなんでしょう？」

千鶴がふわりと微笑んで聞いてきた。美咲は目を輝かせて香乃の返事を待つ。

もう一度誰かに恋をする自分なんて想像できなかった。二人が支えてくれたから、こうして新しい恋に一歩踏み出すことができた。

「響也さんのことが好き」

口にした瞬間、心の中に彼への気持ちが溢(あふ)れてくる。向けられる真っ直ぐな眼差しを、甘い声とともに囁(ささや)かれる言葉を、自分を守ろうとする手を思い出して香乃は頬を染めてうつむいた。

「あー、かわいすぎる香乃！」

美咲ががばっと立ち上がって香乃を抱きしめてきた。

香乃はそんな美咲を受け止める。微笑んで、美咲と千鶴を順に見た。

「二人とも、ありがとう」

大切で大好きな友達。香乃は彼女たちが自分のそばにいてくれることに、心から感謝した。

そして、二人が苦しいときは支えよう。

嬉しいときは一緒に喜ぼう。

これから先も二人との関係を大切にしていきたい。

決意を新たにして、香乃は友人たちと笑い合った。

それから三人は、次の女子会では千鶴が通っているマナースクールで開かれる茶道講座に行かないかとか、美咲が恋人と旅行に行ったときの話とかをしながら楽しい食事を続けたのだった。

響也からメールが来たのは週の初めのお昼休みだった。

『明日から急に海外出張が入って週末に会えない。できれば今夜会いたい』

響也の仕事が忙しいらしいことはなんとなく感じていた。これまで急な予定の変更やキャンセルがなかったのは、おそらく日頃から彼が仕事を調整してくれているからだろう。

香乃としては、仕事ならば予定変更は仕方がないし、それでしばらく会えなくなっても我慢するしかないと思っていた。

けれど響也の考えは違うようで、忙しい中、少しでも会う時間を確保しようと頑張ってくれる。

それが嬉しくて、くすぐったい気持ちになった。

だから即座にＯＫの返事をする。

すると『出張前にできれば君の手料理が食べたいから、家に来てほしい』とお願いされて、会社帰りに待ち合わせすることになったのだ。

予定外に彼に会えるのが嬉しくて、そわそわしながら待ち合わせ場所に向かった。そこで初めて、香乃は自分の今日の格好に気づいた。

控えめなメークに、ひとつに結んだ髪。地味なスーツ姿は仕事相手の年配者には好意的に見られても、とてもこれからデートをするような格好には見えない。

響也と約束のある日は、いつも一度家に帰って着替えている。今日は時間がなくてそのままの格好になってしまった。

待ち合わせ場所で響也の姿を見つけたとき、香乃はほんの少しそばに行くのをためらってしまった。

同じ仕事帰りでも、響也はいつもきちんとしていて人目を引く。腕時計を見て人待ち顔で思案している姿は、どんな女性が隣に来るのだろうと道行く人の想像をかきたてるだろう。

香乃は自分の格好を見てため息をついた。これからは、いつこんな事態がきてもいいように、通勤用の服ももう少し気をつけたほうがよさそうだ。

「香乃！」

香乃がためらっているうちに、気づいた響也から名前を呼ばれた。いつもと変わらない甘い笑顔は、香乃に会えて嬉しいと素直に表している。

「今日は急にごめん。俺のわがままで」

「いいえ。私はこんな風に会えて嬉しいです」

響也の笑顔に救われて、香乃は小さな不安をすぐにかき消した。

「俺も」

響也は香乃の荷物を持つと「スーパーのカートは俺が押していい？」と子どもみたいなことを聞いてきて、思わず笑ってしまった。

「お任せします」

そう答えて、二人で一緒にスーパーへ入る。

平日の夕方ともなると、スーパーの中は思った以上に人が多い。初めて来るスーパーのため、どこに何があるかわからない。けれど、二人で探しながらうろうろするのも楽しかった。

スーツ姿でカートを押す響也の姿は、なかなか様になっている。

「まずはどこに行く？」

「野菜売り場に」

野菜売り場はわかりやすい場所にあったので、迷うことなくカートを押してそこへ向かった。

「お野菜の好き嫌いはありますか？」

「あー、ないと言いたいけど、シイタケだけは苦手かな。でも食べられないわけじゃない」

「了解しました」

笑いながら答えると、互いに食べ物の好き嫌いについて語った。些細な情報だけれど、こんなことの積み重ねで恋人たちは理解を深めていくのだろう。

響也と一緒だと、日常の当たり前のことが特別に感じる。

恋って塗り絵みたいだな、と色鮮やかな野菜や果物を見ながら香乃は思った。白と黒の線だけの世界が恋をすることで徐々に色を持ち始める。

色づいた世界がぱっと輝く。

何気ないことが幸せだと感じる。

海外出張は仕事だから仕方がないと思っていたけれど、彼がいない日常を思うだけで、途端に世界が色あせてしまいそうだ。

「急な海外出張なんて大変ですね。明日の準備は、大丈夫なんですか?」

寂しい気持ちを振り払って、香乃は明るく聞いた。

「夕方の飛行機で出発するから大丈夫。明日の朝は君の家まで車で送るから今夜は家に泊まってくれる?」

響也の家には香乃の私物が置かれている。

香乃はずうずうしい気がして遠慮していたのだけれど、いつでも泊まりに来られるように必要なものを置いて行ってほしいと強く頼まれたのだ。部屋に香乃の私物が増えていくのが嬉しいと言われれば、つい甘えてしまう。

必要最低限のものは揃っているので、今日泊まることは問題ない。

短くても一緒にいる時間を確保しようとしてくれる響也の気持ちが嬉しい。

とても嬉しいのだけれど……

「泊まるのは構いませんが……あの、次の日も仕事なので、その、あまり無茶は……」

スーパーでなんてことを言っているのだろうと思ったが、勇気を出して伝えた。

一応、こうして釘を刺しておかないと大変な目に遭うのは自分だ。

体がだるくて動けなくなるほど激しいセックスをしたのも、イくということを知った のも響也が初めてだった。響也は自分の欲望よりもまず香乃を気持ちよくさせることを 優先する。一度、そこまでしなくていいと言ったけれど「香乃が気持ちよくなるから、 俺も気持ちよくなるんだよ」とそれを証明するようなセックスをされてしまった。

次の日のことを心配するようになったのはそれからだ。

響也はきょとんとしたあと、香乃の言わんとすることに気づいてふっと笑った。

「わかった。ちゃんと会社へ行けるように加減する」

口ではそう言ったけれど、響也はとても意味深な笑みを見せた。なんとなくうまく釘 が刺さっていない気がしたものの、その笑顔にどきんっとしてそれ以上は何も言えなく なる。

結局、「泊まってくれるんだよね？」と念押しされて「はい。大丈夫です」と返事を した。

「香乃、キャベツはこれでいい？」

響也が大きなキャベツを手にしている。似合っているのかいないのかわからないけれ ど、はしゃいだ感じのする響也は、子どもみたいでかわいい。

彼と付き合う中でいろんな彼を知った。大人びて落ち着いた彼も、少し強引な彼も、こんな風に不意に子どもっぽさを見せる彼も。表面的な付き合いだけでは知ることのない彼を、自分は知っている。それが嬉しくてたまらない。

今夜の手料理のリクエストは、ロールキャベツだ。

「はい。あとはきゅうりとトマトもお願いします」

「了解」

ロールキャベツにサラダとスープ。パンよりはご飯がいいらしいので、ご飯を炊く。もう一品ぐらい何か作りたいなと、香乃は食材をいろいろ見て回った。

響也がワインセラーを持っているので、ワインはそこに入っているものを開けると言っていた。

明日の朝食にはお味噌汁も作ろうか。しばらく日本を離れるのだから、簡単な朝食でも和食を食べさせてあげたい。

「響也さん、お味噌はありますか？」

「ごめん。ない」

得意とまではいかなくても、たまに自炊するらしいので、調理器具は割と揃っていた。けれど調味料のストックはあまりないらしい。

「じゃあ調味料売り場にも行きましょう」

外食するときはいつも響也が支払いをしてくれるので、手料理をすることでお返しになればいい。この際だからいろいろ揃えてもいいだろうか。そうすればいつでも彼が望むものを作ることができる。

自分にできることなど少ないけれど、彼が喜んでくれるなら、なんでもしてあげたいと思ってしまう。

たくさんの種類の味噌を前にして、響也はどれを選ぼうか悩んでいる。香乃はインスタントの出汁ではなく、きちんと煮干しから取ろうと思って棚を見てみた。

「これにする」

響也が選んでカートに入れたお味噌の横に、香乃も煮干しの袋を置いたときだった。

「笹井くん？　笹井くんじゃない？」

背後から突然声を掛けられて、響也が振り返る。つられて香乃もそちらを見ると、スーツ姿の二人の女性がいた。

仕事帰りのスーツ姿というのは同じなのに、香乃とはまったく雰囲気の違う女性たち。

一人は、華やかに巻かれた明るい髪をしていた。襟元をレースで縁どった紺色のブラウスに、オフホワイトのジャケットを合わせベージュのレースのタイトスカートを穿いている。

もう一人はノーカラーのジャケットに、首元に華やかな柄のスカーフを巻いていた。パープルのプリーツスカートがふんわり広がっている。

「スーパーで笹井くんに遭遇するとは思わなかったな。会社でもめったに会わないのに」

「本当に久しぶり。でもカート姿、意外と似合っているわね」

響也に親しげに声を掛けながらも、視線はちらりと香乃に向いた。さっと上から下まで視線を走らせ、勝ち誇ったような笑みを浮かべる。

こんな視線には覚えがあった。

『あなたはこの男に似合わない』

『隣にいるなんてふさわしくない』

そういう蔑（さげす）んだ視線だ。

「会社の同期」

響也が香乃に教えてくれる。香乃はこんばんは、と軽く頭を下げた。

「もしかしてこちら、笹井くんの彼女？」

「ああ」

「えー、本当に彼女なんだ」

女性たちはあからさまにはしゃいだ声を出して笑い合う。

「どういう意味？」

響也も二人の言葉に含みのあることがわかったのだろう。低い声で問いただした。

初めて聞く、彼のすごみのある声に香乃のほうがびっくりする。

「だって……弥生とはまったくタイプが違うんだもん。あれだけ長く付き合って結婚の話だって出ていたのに……弥生を振って選んだ相手がこの子？　笹井くん趣味悪くなったんじゃない？」

彼女の言葉に香乃はドキッとする。

響也に似合っていないだろうという自覚はある。待ち合わせ場所で顔を合わせたときに、香乃自身が響也の隣に立つことをためらってしまったのだから。

けれどそれ以上に香乃の心を揺さぶったのは『結婚』という言葉だった。

「弥生、ものすごく傷ついたんだよ。今だって本当は笹井くんのこと忘れてない。なのにこんな子と付き合っているなんて」

「ちょっと、言い過ぎだって」

「こんな子ってどういう意味？　俺の趣味がどうだろうと、誰と付き合おうと君たちには関係ないはずだ。俺への非難は聞くけど、彼女を侮辱するのは許さない。香乃、行こう」

響也は香乃が見たこともないほど冷たい視線で彼女たちを見た。二人の顔が、さあっと青ざめていく。整った顔で睨まれるとすごみがあった。彼の怒りがストレートに伝わってくる。

響也は香乃の背中に手をあてて、もう片方の手でカートを押した。香乃は後ろを気にしながらも、彼に促(うなが)されるまま歩く。

「あなたなんて、笹井くんに全然似合ってないから!!」

女性の一人が上げた悲痛な叫び声は、香乃の心臓を背後から突き刺した。


「ごめん。嫌な思いさせた」

「……大丈夫です」

「本当にごめん」

「響也さんのせいじゃないですから」

香乃に嫌な思いをさせたのは先ほどの女性たちであって、響也ではない。むしろ彼はしっかりと庇(かば)ってくれた。それはとても香乃の心を温かくした。

それに、あんなことを彼女たちに言わせたのは、きっと香乃のせい——

響也の隣に立つ自分を、彼女たちは許せなかったのだろう。

響也にはもっとお似合いの女性がいると思っているからだ。

彼の元恋人の名前は『弥生さん』。

結婚の話が出るくらい長く付き合っていた女性。

その人が香乃とは違うタイプならば、綺麗で、スタイルも良くて、彼の隣にいても引けを取らないお似合いの女性なのだろう。こんな風に地味な格好で彼の隣に立ったりはしない。

「私こそ、今日はこんな格好で……響也さんに恥ずかしい思いをさせてしまったんじゃないですか？」

もう少しましな格好をしていればよかった。でも問題はそんなことではないのかもしれない。多少綺麗にしたところで彼にふさわしくなるわけではない。

「香乃」

響也の声が冷たく響いて、香乃はびくっと彼を見上げた。

怒らせたのかと思ったら、響也は悲しそうな表情をしていた。彼の手が香乃の頬にそっと触れる。

「俺は香乃と一緒にいて恥ずかしいなんて思ったことは一度もない」

響也の言葉に香乃は自分を恥じた。

そうだ、恥ずかしいと思っているのは自分であって響也ではない。自分で自分を貶めていただけだ。

「それに俺に似合うとか似合わないとか、他人に指摘されることでもない」

頬に触れた手が持ち上がって、香乃の頭を優しく撫でる。

響也にお似合いの女性は、きっと香乃以外にたくさんいるのだろう。それでも彼は香乃を求めてくれている。

「俺が好きなのは君だ」

最初から変わらない、真っ直ぐな視線。はっきりと伝わってくる気持ち。

それが泣きたくなるほど嬉しくて香乃はうつむいた。

響也の元恋人がどんなに綺麗な人でも、どれだけ長く付き合った人でも、結婚を考えた人でも。

彼は今、香乃を選んでくれた。

「ありがとう、ございます」

香乃は小さく呟いて、なんとかそれだけ伝えた。

「次は何を買いに行けばいい？」

響也が手を繋いでくる。そうして二人は繋いでいないほうの手でカートの把手を握った。カートをゆっくり押しながら二人は買い物を続けた。


他人の家のキッチンで料理するのはなかなか難しい。

必要最低限の調理器具や調味料を出してもらうと、香乃は早速料理に取り掛かった。

響也からは「適当に収納を探って好きに使っていいよ」と言われているので、ラップや菜箸などシンク下の引き出しから取り出した。こういった収納の仕方で、響也がどんな家庭で育ったか、なんとなく想像できる。

サラダ用の野菜を切り分け、明日の朝食用の味噌汁を準備しておく。味噌汁用の鍋には出汁を取る煮干しを投入済みだ。

レンジで温めたキャベツの葉で肉だねを包んで鍋に敷き詰める。そこに洋風スープを注げば、あとは煮えるまで放置できる。

「いい匂い」

明日からの出張の準備をしていた響也がキッチンにやって来た。

「準備は終わりましたか？」

「ああ。持って行くものは決まっているし、足りなければ現地で調達できるから」

「大変ですね、海外出張」

「俺の部署は本来あまり多くないんだ。今回だって担当者は別にいたのに、いろいろあって俺が行く羽目になっただけで」

香乃はロールキャベツの鍋の蓋を開けて味見をした。少し塩と胡椒を足して味を調えてから、響也に味見用の小皿を渡す。

響也は火傷に気をつけながらゆっくりと口にした。

「うん、うまい」

「良かったです」

「料理の手際がいいね。ロールキャベツってもっと時間がかかるものだと思っていたよ。こんな短時間で他にもいろいろ作ってくれて食べるのが楽しみだ。俺の都合でいきなり手料理頼んだのに、ありがとう」

「いつもあり合わせのもので簡単な料理しか作っていないんです。だから手の込んだおしゃれなメニューは期待しないでくださいね」

元々料理はずっと続けている。転職して、節約生活に入ってからは、食材を冷凍保存したり、いろんな料理に応用できるような下ごしらえをしたりと、インターネットや主婦向け雑誌で研究してきた。だから、基本的な家庭料理は得意だ。

その分、女子力の高い今時のおしゃれな料理はできないのだが。

「男には普通の家庭料理が一番なんだよ」

するりと後ろから手が回される。

香乃は鍋の火を消してから、響也の胸にそっと背中を預けた。

響也はいつも香乃が欲しい言葉をくれる気がする。

そのままの香乃でいいのだと、言葉や態度で示してくれる。それは過去の恋で自信をなくしていた香乃にとって救いになっていた。

響也が香乃の首筋に顔を埋め、鼻の先でつんっと首を突いてくる。たったそれだけで背筋にぞくりとした痺れが走り抜けた。

「こっちも、いい匂い。それにうまそう」

唇が肌に吸いつく。そのまま何度も軽いキスを落としながら、香乃を抱く手に力が込められる。じゅっと首の後ろを強く吸われて、思わずのけぞった。

すかさず、唇にキスが落ちてくる。

香乃は反射的に響也の舌を受け入れた。

互いの唇で舌先を吸い合う。引けば彼の舌が伸び、彼の舌が逃げれば香乃が追いかける。

響也とのキスはいつも甘く感じる。

唾液の味なのか、舌の味なのか、それとも互いのものがまじり合うせいなのか。

ただずっと感じていたいと思う。だからなのか、響也とのキスは自然と長くなった。

お腹にあったはずの手はいつの間にか香乃の胸を優しく揉んでいる。服の上から触れているのに気持ちがいい。たったこれだけの刺激で呆気なく先端は尖り、下着にこすれるたびに妙な気分になった。

「響也さん……夕食」

唇が離れた瞬間に、小声で訴えた。

「ん……もう少し、食事の前に君を味わいたい」

余裕のあるキッチンスペースは響也の動きを妨げない。

素肌に指先が触れて、香乃は初めてシャツのボタンが外されていたことに気づいた。驚きの声は響也のキスに呑みこまれる。

肌をなぞる指は簡単に敏感な部分を暴き出していく。

「ひゃっ……響也、さんっ」

胸の先を小さく弾かれて、抗議の声を上げる。

「ここ、おいしそうに色づいている。少しだけ味見」

体の向きを変えられて、胸の先を響也の舌に包まれた。

「あんっ」

舌が熱い。ちゅっと軽く吸われたかと思えば上下に小刻みに転がされて、体から力が抜けていく。香乃はずるずると床へと腰を落とした。響也はそれを支えながら、そのまま香乃をキッチンの床に押し倒す。

「響也さんっ！」

「香乃の味……安心する。もう少しだけ」

「あっ……あんっ」

香乃の背中が痛くないように響也が支えてくれた。それにより、相手に胸を突き出す形になる。ブラのホックが外されて、露わになった両方の胸を響也は交互に唇で食む。ぴちゃぴちゃと唾液にまみれるたびに頂はさらに硬く尖っていった。

彼の手が香乃の膝頭をそっと撫で、少しずつ上へ滑らせ太腿をなぞる。響也は胸を唇で愛撫しながら、スカートの中に入れた手で下着の上からゆっくりと香乃の形を確かめてきた。

キッチンの天井に設置されたダウンライトの明かりが眩しくて目を閉じる。キッチンの床で、真っ白な明かりの下、卑猥な姿をさらしている。

ボタンの外れたシャツ、肌の上に浮いたブラ、太腿までまくり上がったスカート。あり得ないはずの場所で、肌を露わにして、快楽を高められている。ひどく背徳的な気分がますます香乃の体を敏感にした。

「やっ……だめっ、響也さんっ」

「そうかな？　ここは……甘い蜜が溢れてきたけど」

下着の上を上下にこすっていた指の動きが、スムーズになっている。しっとりと濡れて肌に張り付いた下着は、その部分の形を露わにした。

「ほら、かわいく目覚めてきた。下着の上からでも形がはっきりわかるよ」

「んんっ……言、わないでっ」

「でも感じている……君の匂いが変わってきた。くらくらする」

香乃がどんなに言葉で否定しても響也には知られてしまう。体の反応や零れる蜜の存在だけでなく、知らずに変化する匂いで。

自分でコントロールできない部分で、いやらしさを暴かれて、香乃は羞恥心に身を震わせた。

「だめっ……響也さん。食事、せっかく、作ったのにぃ」

必死に相手を止めようと胸を押す。だが、敏感な場所をこすられていて手に力が入らない。

「そうだな、このまま君を抱いたら、食事をするのがだいぶあとになりそうだ」

「お腹空いた、でしょう？」

「ああ、お腹空いた。だから今は、君だけ気持ちよくなって」

「やっ……あんっ、ああっ‼」

響也はあっという間に香乃の下着を下げると、中に指を入れてきた。

「すごいっ……ぐちゃぐちゃ」

「あっ、あっ」

響也の言うとおり、香乃の中はとっくにぐちゃぐちゃになっていた。自分でも響也が指を入れた瞬間、中に溜まっていた蜜が零れたのがわかったくらいだ。

指を出し入れされるたびに、卑猥な水音がキッチンに響く。

「ひゃっ……あんっ、あんっ」

「香乃の中熱い。俺の指をすごく締めつけているのがわかる？」

「わか……ん、ない」

「ほら、引き出そうとすると締めつけてくる。ここ、舐めてもいい?」

「だめっ、だめぇ」

咄嗟に香乃は叫ぶ。

響也とのデートの前はできるだけ家でシャワーを浴びている。だからセックスの前にお風呂に入らなくても、そこに口づけられることにさほど抵抗はなかった。

でも、今夜はいきなり会うことになって、家に帰る暇がなかった。

響也がそのままの香乃を愛するのが好きだということはわかっている。けれど、一日仕事をしてシャワーも浴びていない状態のそこを舐められるのには抵抗がある。

「君の嫌がることをしたいわけじゃないから、今は我慢する。その代わり、イくところを俺に見せて」

そう言われるや否や、響也に背中を抱き起こされる。彼の指は中に入り込んだまま、香乃の弱い部分を探ってきた。スカートは腰のあたりまでまくれ上がり、開いた脚の間が丸見えになる。

響也にはきっと、香乃の中を出し入れする自分の指が見えているはずだ。

そして、感じている香乃の表情も。

「響也さんっ」

「香乃……かわいい」

響也に縋りつくように手を伸ばす。

香乃は響也の指であっという間に高められていった。彼の指は香乃の中で自在に動く。どこが気持ちいいのかすっかり覚えている彼の指は、奥の弱い場所を的確に突いてきた。ぐしゅぐしゅと濡れた音が一際大きく響いて、きゅっと中をこすられる。

「ひゃっ……ああっ!!」

声が漏れると同時に、いやらしい蜜がどっと零れるのがわかった。腰がびくびく跳ねて、全身から一気に力が抜ける。

響也は香乃が達したのを見守る間だけ、指の動きを止めた。

「あ……あ」

「イけたね、いい子だ」

「んんっ」

ゆっくりと響也は指を抜く。香乃は響也に全てを委ねて、涙目で響也を見上げた。

「食事のあとには、ゆっくり君をいただくからね」

響也は香乃の蜜まみれになった指を、見せつけるように舌で舐めた。

骨ばったしなやかな指に舌を這わせる姿は煽情的で目が離せない。

その色っぽい仕草に、はしたない場所が再びきゅんとした。

そんな自分が恥ずかしくて、香乃は急いで服を整える。

「食事の支度をしますね」

声をかすれさせながら、なんとか平静を装うと、香乃は頑張って夕食の支度を始めた。

＊＊＊

普段の香乃は素朴で清純で、いやらしさとは対極にあるようなタイプだ。

キッチンの床でいやらしい姿を見せつけたくせに、香乃はしばらくして落ち着くと、てきぱきと夕食の準備を始めた。濡れた下着に涙目になっていたから「脱いでもいいよ」と言ったのに「とんでもない」とでも言いたげに響也の密かな願望を却下した。

その代わり、シャツのボタンを上から二番目まで開けてもらう。

テーブルに向かい合って座ると、深く開いた襟の隙間から、香乃のやわらかな胸の谷間と白いレースのブラが見える。

香乃は恥ずかしそうにしながらも、隠したりはせずに「いただきます」と手を合わせた。

炊き立てのご飯に、小ねぎをちらしたかき卵汁。

リクエストしたロールキャベツに、彩り豊かなサラダ。

さらに小松菜と人参と油揚げの煮びたしまで添えられている。

響也はロールキャベツに箸をつけた。やわらかなキャベツの葉から肉汁が滴り落ちる。コンソメスープとキャベツの甘みがまじり合って優しい味がした。

「すごくおいしい」

「良かった」

香乃は嬉しそうににっこり微笑む。その笑顔があまりにかわいくて、再び香乃を食べたくなったが、ぐっとこらえて食事を続けた。

初対面のときから、家庭的な雰囲気の子だと思っていた。

ワイン会の会話でもさりげなく気を利かせるところがあったし、レストランのスタッフがお冷やのお代わりを注ぐたびに「ありがとうございます」と自然に口にしていた。外食すれば支払いを気にかけてくるし、「ごちそうさまでした」と毎回必ずお礼を言われる。

過ごす時間が増えていくごとに、彼女が日常を真面目に丁寧に過ごしているのが伝わってくる。それは響也に心地いい安心感を与えてくれた。

「あ、そういえば余った食材はどうしますか？　響也さんはしばらく留守にするから、冷凍保存できるものは冷凍しておきますか？」

香乃が思い出したように聞いてきた。確かに買い物をするときにも、買いすぎないようにしましょうね、と言っていた。

「よかったら残りの食材は香乃が使って。明日は家まで車で送るし」

「でも、食材の支払いは響也さんがしたのに……タダで残りをいただくのも」

「今夜は急に俺のわがままで誘った上に、料理までしてもらったんだ。そんなの気にしないでほしい」

「すみません。ありがとうございます」

こんな会話をしていると、つい、いつまで自分に遠慮するのだろう、と思ってしまう。

もう少しずうずうしくてもいいのに、香乃はどことなく一歩引いているところがある。

その控えめなところが好ましくもあり、もどかしくもあった。

彼女に興味を持ったきっかけは匂いだった。

けれど香乃と接するたびに、彼女のことを知るたびに、どんどん香乃自身に惹かれていく。

かき卵汁を口にすると、ふんわりした卵の食感が広がった。

彼女の作る料理を当たり前に食べられる関係になりたい。響也は自然とそう思った。

香乃との未来なら想像できる。

今まで誰にも渡そうなんて思わなかったものを、彼女には受け取ってほしい。

響也は「ちょっとごめん」と席を離れると、引き出しにしまいこんでいたものを取り出した。

席に戻ると、手の中のものをテーブルの上に置く。

香乃は目をまんまるにしてそれを凝視した。

「え、と、これ」

「俺の部屋の合鍵」

鍵と響也の顔とを見比べて、香乃は複雑な表情をしていた。こんな風に遠慮や戸惑いを見せられるたびに、彼女が自分と同じだけの気持ちでないのだと気づいてしまう。

強引に関係を進めてしまった自覚はあった。彼女に対しては、もう少し時間をかけたほうがいいと頭ではわかっている。でも彼女を前にすると、どうしても冷静でいられない。

「月曜には戻る。週明け早々で大変だと思うけど、できたら会いたい。俺の部屋で待っていてほしい」

「月曜日……」

「仕事が忙しくて無理だったらいいんだ。この鍵も無理に使わなくていい。ただ、俺が君に渡したいだけだから」

響也はこくりと唾を呑みこむと、真っ直ぐに香乃を見た。

「受け取ってもらえないか？」

香乃はお箸を置くと、響也の部屋の鍵をじっと見つめる。

どことなく不安そうで、戸惑っている様子だ。香乃は時々こうして、普段は隠しているものを露わにする。この部屋に初めて来たときもそうだった。

「響也さんがいないのに、お部屋に勝手に入って……大丈夫ですか？」

「もちろん。君に隠すものは何もない」

響也は香乃の手を取ると、そこに鍵をのせた。香乃がふわりと微笑んで、響也はドキッとする。香乃は戸惑いながらも、いつも響也を受け入れようとしてくれる。恋愛に対してどことなく臆病な彼女が、歩み寄ろうとしてくれるのがわかるから、愛しさがよけいに増していく。

香乃は大切そうに鍵を受け取ると、胸元できゅっと握りしめた。彼女の負担になったわけじゃないことに響也もほっとする。

「あの、月曜日は何か食べたいものはありますか？　仕事帰りで今日みたいに遅くなるかもしれませんが、夕食を準備しておきます」

「そこまで甘えていいの？」

「海外出張に出かけると日本食が恋しくなるものなんでしょう？」

「恋しくなるのは日本食じゃなくて、香乃なんだけどね」

さっと頬を赤らめて、香乃はうつむく。本当にさっきまで自分の腕の中で乱れていたとは思えないほど反応が初々しすぎる。どうしたらもっと慣れてくれるだろうと思う反面、こんな香乃もかわいくてたまらない。

「だから、食事の準備は無理しなくていい。俺の部屋で君が待っていてくれるだけで十分だから」

「……わかりました。お部屋で……待っています」

「ああ」

彼女の優しさに付け込んで、結局強引に話を進めてしまう。彼女のペースに合わせたほうがいいという心の声を聞きながらも、次はどうしたらこのまま一緒に住むことができるか、響也は考え始めるのだった。

＊＊＊

響也とは初めてのことばかりを経験している。

男の人の部屋に入ったのも初めてならば、その部屋で料理をしたのも初めてだ。一緒に食器の後片づけをしたのも――キッチンでいやらしいことをしたのも、合鍵をもらったのも。

特別なことをたくさんもらえて、恋をする幸せを実感している。

ドキドキして恥ずかしくて落ち着かないのに、嬉しくてたまらない。

今となっては、響也との初めてがたくさんで良かったと思う。

恋が『痛い』だけじゃないと、響也が教えてくれたから。

過去の恋の『痛み』をたくさんの幸せなもので塗り替えてくれたから。

響也のあとにシャワーを浴びると、香乃は彼の寝室に向かった。

リビングの隅には明日からの出張のためのスーツケースが置いてある。他人の代わりに急に決まった割には、響也はスムーズに準備を終えていた。聞けば数年前までは当たり前のようにあちこち出張に行っていたらしい。

部署を異動してからは出張も減って、以前に比べると随分と落ち着いたそうだ。今は弘人のほうが出張ばかりの日々を送っていると教えてくれた。

寝室のドアを開けると、ベッドの横にある机で響也はパソコンに向き合っていた。

香乃が入ってきたことに気づいた彼は、すぐに電源を落として歩み寄ってくる。そして香乃の手を引いてベッドに引き入れた。

こんなとき、手慣れているなと思う。いろんな行為がスムーズで、スマートで、だからいつも香乃は響也のペースに巻き込まれて流されてしまう。

初めて会ったあのときから、ドキドキさせられっぱなしだ。

響也は香乃に覆（おお）いかぶさると、首筋に顔を近づけた。

「香乃の使っているものを置いて正解だな。君の匂いがする」

こんな風に匂いを嗅がれることにもだんだん慣れてきた。

匂いの強いものが苦手なので、響也の浴室にも香乃の愛用品が置かれている。

「ベッドは響也さんの匂いがする」

「そう？　嫌な匂いじゃないといいけど」

「嫌じゃないです。私も響也さんに感化された気がします」

匂いの強いものが苦手な意識はあっても、それを心地いいと思ったことはない。でも響也がいつも「いい匂い」と言うから、自然と気にするようになった。

自分の匂いも、他人の匂いも。

整髪剤や香水、髭剃り用のローションに制汗剤。

今は男性も、身だしなみに気を配っている。

響也は匂いに敏感なので、肌につけるものの匂いは特に気をつけて選んでいるらしい。だからか、それぞれがうまくまじり合って、彼の匂いになっている気がする。

「いつか、香乃の部屋にも行きたい」

「いつでも大丈夫ですよ。でも、片づける時間はくださいね。あと……すごく狭いですけど」

以前の仕事を辞めるのと同時に引っ越しをした。家賃の支払いが厳しくなったのもあるし、元カレが入り浸っていた部屋にいたくなかった。

今は二階建ての小さなアパートに住んでいる。ワンルームで玄関ドアを開ければ全部丸見えになる部屋だ。こんないいマンションに住んでいる響也は、その狭さに驚くかもしれない。

「狭いのか……それはまずいな。暴走するかもしれないから、そのときは君も覚悟して」

「覚悟、ですか？」

「どこもかしこも君の匂いで溢れている部屋だ。俺の部屋で抱くのとは比べものにならない。君を壊さないといいけど……」

今まで香乃の部屋に行きたいと言い出さなかったのはそれが理由だったのかと、初めて気がつく。

「あの、でも、今でも――」

十分いやらしいことをされていると言いそうになって、あまりに恥ずかしいセリフに口を閉ざした。

響也は香乃の言わんとすることを察したのか、ふっと笑みを浮かべる。

「まあ、今でも十分壊しかねないけど」

「あの、明日は仕事なので！」

「わかっている。大丈夫。今夜は気をつける」

響也が目を伏せてゆっくりと香乃に近づいた。キッチンでの出来事を思い出して恥ずかしがる暇もなく、激しいキスが与えられた。

最初から深く舌が入り込んできて、互いの舌先を舐め合った。そこから響也は服を脱いだ香乃の素肌に唇を落としていく。顎から首筋、胸の膨らみ、おへその周りと、響也のキスは愛おしむように、香乃の肌を啄んでいった。キスは太腿から膝頭、脛を辿って、足の甲へと移り指先に落ちた。そして最後に足の親指を口に含む。生温い舌がねっとりと指の周りを舐め回す。その瞬間、ぞくりとした痺れが背中を走った。

そんな場所に感じた自分に驚いて、思わず足を引く。

響也は、香乃をベッドヘッドに背中をつけて座らせた。そして、香乃の脚を抱えると踵から小指へ向かって舐めていく。くるぶしやふくらはぎを撫で回しながら、足指の裏側を舌がなぞっていった。

最初は慣れない刺激に戸惑って、くすぐったいだけだったのに、足の指を一本ずつ丁寧に口に含まれると、徐々に体が変化していく。

胸も、下半身も、普段執拗に攻められる場所は一切触られていない。

なのに足元からじわじわと波が押し寄せてくる。

じれったくてもどかしく、香乃は彼の名前を呼んだ。

「響也さんっ」

「何？　香乃」

「足、ばっかり」

「足だけは嫌？　他にどこを触ってほしい？　それとももっと舐めてほしい？」

足の指の間に、指を入れてマッサージしながら響也は楽しそうに聞いてくる。

香乃は答えられなかった。

触られていないのに、なぜか胸の先がつんっと尖っている。足の指を舐められて、胸の先がじんじんと疼いてくる。同時に体の奥から何か零れてきそうで、さっきから必死におしりに力を入れていた。

足だけで快感を覚えている自分の体が信じられない。こんな風にされたら、どこを触られてもいやらしく乱れてしまいそうだ。

「やあっ……んっ」

足を舐められて喘ぐのが恥ずかしくて、香乃は慌てて声をこらえた。鼻で息を吐き出すけれど、足の指の間にまで艶めかしい舌の動きを感じて、すぐに耐えられなくなる。

「あっ……はあっ」

「香乃の匂い、濃くなってきた」

響也はセックスの最中、よくそう言ってくる。

香乃が感じれば感じるほど、匂いが濃くなるらしい。響也にだけわかる、香乃のいやらしい匂いだ。

「やぁ」

「キッチンでもたくさん溢れたな。今も溜まっているなら、触ったら零れてくるかな」

響也は秘めた部分が見えるように、香乃の脚を高く上げた。マッサージするようにふくらはぎに触れては、足の甲に口づける。広げられた脚の間から、こぽんっと何かが落ちそうな気配がして、香乃は思わず脚を閉じようと力を入れた。

だが、響也はそれを力ずくで阻んで、香乃の両脚を左右に大きく開いた。

座った状態で両脚を開かれるなんて、恥ずかしくてたまらないのに、響也がじっと凝視するせいで動けない。

唾液にまみれた足の指先が、空気に触れて冷たく感じる。

香乃の中から落ちていくものがシーツを汚していくのがわかる。

「響也さんっ……だめっ、シーツ汚しちゃう！」

「君に汚されるなら構わない」

「やぁっ……こんなのっ」

「足だけで感じた？　ああいい匂いだ。ワインを開けたときみたいに、ふんわり広がってくる」

響也は香乃の脚を広げたまま、あぐらをかいた自分の上に抱き上げた。

そして香乃の唇をふさいだ。すぐに舌が入り込んできて唾液が送り込まれる。香乃は必死にそれを呑み込みながら、舌を絡(から)ませた。

胸を掴(つか)んだ手は少し乱暴だったのに、ようやく与えられた刺激を喜ぶように甘受する。胸の先を強くつままれ、小刻みに揺らされる。

響也の体に阻(はば)まれて、脚は大きく開いたままだ。その上、響也の硬くなったものが肌に触れてくる。敏感な部分にはあたらないのに、香乃は自分がどんどん濡れていくのがわかった。

「んんっ……はあっ」

「香乃、もっと」

響也に誘われて、香乃の舌は彼の口内に入った。彼にされるように、奥へと舌を伸ばして絡(から)める。歯茎の上をなぞって、歯の形を感じ取る。口の周囲は互いの唾液まみれになった。

香乃は手を伸ばして響也の髪に触れた。やわらかくて冷たい感触。そのまま後頭部を引き寄せてさらにキスを強請(ねだ)った。

触ってほしいなんて恥ずかしくて言えない。

どろどろに溶け切った場所に指を入れてほしいなんて口にできない。

でも、激しくキスをするように、あそこを舐めてほしい。

いつの間にかそんなことを考えるようになった自分が、ひどくいやらしいと思う。

なのに感じるのを止められない。

気づくと片方の手を響也自身に伸ばしていた。

響也の硬いものは簡単に捕まえることができた。先端はすでに濡れていて、香乃は手で包み込みながらそれを広げていく。

「っ……香乃っ」

低くかすれた声が香乃の名前を呼んだ。あまりにも色気のある声音に体の奥がずくんっと疼く。

触ってはダメだっただろうか。でも何かをこらえるように苦しげに歪む響也の表情は、ひどく煽情的だ。香乃はそんな響也の表情をもっと見たくて、手の動きを速めて上下にこすった。

響也に気持ちよくなってほしい。色香を放つ姿を見たい。

「香乃！　だめだっ」

びくっとして香乃は動かすのをやめた。

痛かったのだろうか、それともはしたない行為だった？

「ご……ごめんなさいっ」

「謝らなくていい！　……気持ちよすぎただけだから」

響也は香乃の手を掴むと己から引き離した。そして安心させるように優しく微笑む。

「こういうのはまた今度。今夜は俺が香乃を乱したい」

響也は香乃の体をベッドに押し倒すと、今までずっと触れてこなかった場所に指を入れた。同時に敏感な粒を舌で舐める。

「ひゃっ……ああっ！」

「いい、匂いだ……香乃っ！」

こぽりと香乃の中から零れたものを、響也は唇で受け止める。味わうように、少しも零さないように、丁寧に吸い上げていく。

はしたない声が自分の口から出ていく。こんなに高くて卑猥な声を上げたことはなかった。

喘ぎすぎて息をするのが苦しい。なのに焦らされ続けて解放を望んでいた体は、与えられた快感を素直に喜んでいる。

「やあんっ……あっ……あんっ、イっちゃ……うう」

またイかされてしまう。自分だけが飛ばされてしまう。

乱れた姿をさらして、快楽を貪る様を見せてしまう。

「イって香乃……」

響也は香乃の中の指を増やした。乱暴ではないが、香乃の反応する場所を強く押してくる。そうしながら、かするように舌が粒を突いた。

ささやかな動きでしかなかったのに、香乃は体から放出される水分を留めることはできなかった。

「響也、さんっ！」

「香乃……もっと乱れて」

全身から力が抜けた瞬間、熱くて太い楔が埋め込まれた。

今まで自分からセックスをしたいと思ったことはない。

初めてのときは痛かったし、それからも気持ちいい行為だと思えなかった。

けれど響也とのセックスは、どこまでも気持ちよくて、はしたなくなって、乱れてしまう。だからどんなに恥ずかしくても抵抗できない。

顔の横に脚がつきそうなほど、腰を上げさせられた姿勢で奥を突かれても――

それがどれだけ卑猥な姿勢かわかっていても、されるがままになってしまう。

「香乃、目を開けて、見て」

響也の懇願にゆっくりと目を開けた。

涙でぼやけた視界に、香乃の脚を抱え上げて腰を振る響也が映る。湿った髪を額に張りつけた彼から、時折ぽつりと汗が落ちてくる。

そして、彼に言われるまま視線を落とすと、自分の体に出入りするものが視界に入った。

反射的にきゅっと中を締めてしまう。

「くっ……香乃、力抜いて」

「やっ、だって」

「見て興奮した？　俺のが君の中に出入りしているのわかる？」

目を閉じてしまいたい。恥ずかしくてたまらない。

でも、響也は優しく甘く香乃を見つめている。その顔はずっと見ていたいほど愛しい。

こんな表情で彼はいつも香乃を抱いてくれていたのだろうか。

「君の中に入るのは俺だけだ」

「あたり、まえですっ！」

「見て、俺が抜こうとすると、しがみついてくる」

「そんな、こと」

「中に入れると、もっと奥に来いって締めつけてくる」

「だって……気持ちいい、もの」

そう。

気持ちがいい。だから受け入れる。だから拒（こば）まない。むしろもっと二人で気持ちよくなりたい。

「ああ、わかる。君が気持ちいいとすごくいい匂いがする。俺の手で綺麗な花を咲かせているみたいだ。もっと、香乃の気持ちのいいところを教えて。奥ではまだイけない？」

響也は抱えていた脚を少しだけ下ろして腰を入れる角度を変えた。

中に当たる場所が変わって、香乃はびくんと背中をのけぞらせる。

「ああっ……んっ、はあっ」

「今はここが一番？」

「あ……響也さんっ、またきちゃう」

「ぎゅって締まってきた。俺もイきそうだ」

「一緒に……響也さん、私だけは、嫌」

「ああ、一緒にイこう」

香乃の脚を下ろすと響也は腰を掴（つか）んだ。香乃は脚を突っ張らせて、無意識にもっと気持ちよくなろうとする。

響也が腰を打ちつけるたびに、互いの肌がぶつかる音が響いた。内壁を抉（えぐ）られるほどに小さな点だった快感がふわっと周囲に広がっていく。どこを突かれても痺（しび）れが走って、ずっと彼を包み込んでいたくなる。

「あっ……やあっ……ああんっ‼」

「はっ、香乃……俺もイく」

「響也さんっ、きて……一緒に」

中をこすり上げる力が強くなって、痛みよりも快感が全身を貫くと、響也は香乃の花芽をそっと指でなぞった。さらに快感が背筋を這い上がっていく。

「香乃！」

香乃は嬌声を上げて、響也から与えられる全てを受け止めた。


コツコツとリズミカルにヒールの靴を鳴らしながら、香乃は高層ビルの立ち並ぶオフィス街を歩いている。月曜日とは思えないほど足取りが軽いのは、響也から届いたメールのおかげだ。

彼は予定どおり今朝の便で帰国して、そのまま会社に出勤したらしい。仕事を早めに切り上げられそうだから、夕方に響也の会社近くで待ち合わせすることになった。

慌てて帰り支度をしていたら、智子からは「あらあ、月曜日からデート？」とからかわれたが、香乃は「はい」と素直に答えた。朝美からは「幸せそうで何よりだわ」と言われて、ああこういうのが幸せなんだなと思った。

仕事だから会えないのは仕方がない。数日間のことだから我慢できると思っていた。

でも実際は違った。寂しかった。

響也は仕事のトラブル対応で忙しかったようだし、時差もあったためメールのやり取りもままならなかった。彼の声も聞けず、顔も見られず、胸の中に穴があくという言葉の意味を実感した。

同時にどれだけ自分の中で彼の存在が大きくなっていたか、大切になっていたかも――

昨日の日曜、香乃は響也からもらった合鍵を初めて使った。

夕食作りは無理をしなくていいと言われていたけれど、せっかくなら手料理を食べてもらいたい。だから下ごしらえをした料理を、彼の部屋の冷蔵庫にしまい、ついでに彼の部屋に軽く掃除機をかけておいた。

主(あるじ)がいない部屋に入ることができる喜びを噛みしめ、今更ながらに合鍵を欲しがる女性の気持ちがよくわかった。

ただの鍵でしかないけれど、そこには相手への愛情や信頼が含まれている。

隠すものは何もないという潔(いさぎよ)さと、何を探られても構わないという自信。響也の部屋から帰るときに、香乃はつい自分の部屋の合鍵を作ってしまった。

香乃は信号で立ち止まっている間に、ショウウインドウに映る自分の姿を確認した。

スーパーで響也の会社の同僚と遭遇して以来、通勤スタイルにも気をつけるようになった。いつ響也に「会いたい」と言われてもいいように、少しでも彼の隣に居て恥ずかしくない自分でありたいと思ったからだ。

今日は襟元にリボンタイのついた臙脂のブラウスに、こげ茶のプリーツスカート、ベージュのニットコートを合わせた秋らしい装いだ。

信号が変わって横断歩道を渡り終えたところで、バッグの中のスマホが震える。

香乃は急いでメッセージを確認した。

響也からのメールには、少し会社を出るのに時間がかかりそうだから、どこかのお店でお茶でも飲んで待っているか、先に部屋に行ってほしいとあった。

電車に乗っていればそのまま響也の部屋に向かっただろうけれど、香乃はすでに彼の会社の目と鼻の先まで来ている。

周辺を見回して、会社の向かいに小さなカフェがあるのに気がついた。香乃はそこで待っていると返事を送ろうとした。そのとき――

「あ」

驚いたような女性の声が耳に届く。

つい振り返ってしまった香乃は、小綺麗な格好をした女性三人と目が合った。お互いに記憶を探るような表情をして、香乃ははっと目を見開く。

三人のうち二人は、以前スーパーで会った響也の会社の同期の女性だ。

相手も思い出したのだろう。

香乃を見て少し眉をひそめた。

そして彼女たちは、この間はいなかった髪の長い女性に「弥生、ほらあの子だよ」と囁(ささや)く。

『弥生』という名前には聞き覚えがあった。

香乃は思わず、その女性に見入ってしまう。

三人とも華やかな雰囲気だが、中でも『弥生』という女性は際立って綺麗だった。

栗色の髪は、ゆるやかに巻かれ背中にさらりと落ちている。すらりと高い身長に、女性らしい体のラインはスタイルの良さをうかがわせた。

響也と並べば誰が見てもお似合いだと思える女性だ。

（彼女が、響也さんの……元恋人？）

好戦的な眼差しの二人とは違って、弥生は困ったような表情を浮かべ、今にも香乃に近づいてきそうな二人を抑えている。

「だって、弥生、くやしくないの？」

「響也が選んだんだから」

「弥生だって納得していないくせに！」

「そうよ。今だって弥生は、笹井君のこと——」

「ストップ‼　いきなりすぎてあの子びっくりしてる。落ち着いてよー」

香乃はどうしていいかわからずに、逃げ出すことも何か言うこともできずに立ち尽くしていた。

そのうちに、弥生がゆっくりと香乃に近づいてくる。

「突然申し訳ありません……笹井響也くんの彼女さんですよね？」

話しかけてきながらも弥生自身かなり戸惑っているのが伝わってきた。もしかしたら、他の二人が暴走しないようにあえて香乃に声を掛けてきたのかもしれない。

「響也……会社を出る直前に部長に呼び止められていたから、少し遅くなるかも」

「……はい、さっき連絡が来たので知っています」

「彼が来るまで、少しだけお話ししたいんだけど、いい、かな？」

弥生の後ろの二人の女性に睨（にら）まれて、香乃は申し出を受け入れるしかなかった。

会社の向かいにあるカフェに入る予定だったのに、弥生は会社の裏手にあるコーヒーのチェーン店に香乃を案内した。店内は広く、人の出入りが頻繁（ひんぱん）でざわついた雰囲気だ。この中なら、どんな会話をしても周囲は気にしないだろう。話し合いの場のセレクトとしては正解なのかもしれない。

二人は「私たちも弥生と一緒に話を聞く！」と騒いだけれど、結局弥生が宥めて先に帰した。香乃は今、弥生と二人きりで向かい合っている。

響也には弥生と会っていることは伏せて、近くで待っているとだけメールを入れた。

テーブルには互いが頼んだコーヒーが温かな湯気をたてている。

「突然ごめんなさい。堀川弥生です」

「新藤香乃です」

「さっきは、友人たちが失礼な態度を取ってごめんなさい。響也に恋人ができたって聞いて……私が動揺したりしたから、彼女たち心配してくれて。あなたに不快な思いをさせたことは謝ります。本当にごめんなさい」

弥生が頭を下げたので、香乃も「気にしていません」と即座に答えた。第一弥生が謝る必要はないはずだ。弥生だって困惑しているに違いないのに、香乃を友人たちから庇って、こうして謝罪までしてくれる。

いい人なんだろうなと思った。

綺麗で、優しそうで、面倒見がよさそうで、たぶん仕事もできるのだろう。なんとなく雰囲気が千鶴に似ていた。

「もうわかっていると思うけど、以前響也と付き合っていたの。別れて一年ぐらいかな。嫌い合って別れたわけじゃないから……今も同期として普通に付き合っている。部署が異動になってから、接点は随分減ったけど」

そう言って弥生は静かにコーヒーを口に含む。香乃もコーヒーを飲んだ。砂糖もミルクも入れない。頷くことも相槌を打つこともできず、香乃もコーヒーはいつも以上に苦く感じる。

弥生は次の言葉をどう切り出すか悩んでいるようで、頬に落ちた髪を耳にかけた。露わになった耳にはシンプルなダイヤのピアス。爪の先は品のいいベージュピンクで塗られている。

ちょっと努力した程度の香乃の化粧なんか意味がないと思えるほど、弥生は綺麗だった。

「二年付き合ったの。彼との結婚も考えていた。価値観も似ていたし、二人でいてすごく自然だった。大好きだった。でもね……響也が、ごめんって」

弥生は笑みを浮かべながらも、声を震わせる。

過去を思い出したのか、それとも今でも傷が疼くのか。かすれた声から、彼女がまだ響也に気持ちを残していることが感じ取れた。

弥生は一度目を閉じて、すっと息を吸い込んだ。そして再び目を開けると香乃を見つめてくる。

「……違和感があるんだって、違うんだって言われたわ。嫌いじゃない、でもこれ以上一緒にはいられないって。私のせいじゃなくて俺の問題だって言って謝られた」

弥生の目が微かに潤む。長い睫毛に縁どられた大きな目が、数回瞬きをした。

「理由が曖昧すぎてすぐには納得できなかった。彼は別れてからも、友人だった頃みたいに普通に接してくれた。響也は変わらず優しかった。だから私、よりを戻せないかって言ったの。響也が何に違和感を抱いているのか、彼自身わかっていないみたいだったから、その違和感を一緒に解消していきたいって」

弥生はそこで言葉を区切る。響也と彼女との絆が垣間見えて、息が苦しくなった。

よりを戻したいと思うほど、彼女は今でも響也のことが好きなのだ。

「嫌いになったわけじゃない、私のせいでもない、他に好きな女性ができたわけでもない。だったらもう一度私にもチャンスがあるんじゃないかって。あなたが現れるまでずっと期待していた、なのに！」

香乃から目をそらして遠くを見ながら切なげに弥生は呟く。

綺麗で優しそうな、香乃なんかより明らかに響也にお似合いの女性。

「響也はどうしてあなたを選んだの？　私とあなたで何が違うの？　私にあった違和感が……あなたにはないの？　それって何？」

弥生の目じりから涙が零れて、彼女は慌ててハンカチを取り出した。

響也と弥生が別れた理由――彼が抱いた違和感。

弥生と自分とで何が違うかなんてわかるはずもない。

「私には……」

わかりません――

そう言いかけて、香乃ははっとした。

涙をぬぐうためにうつむいた彼女の髪が、肩からさらりと落ちる。

その瞬間漂ってきた華やかな香り。

もしかして――一瞬頭に浮かんだ考えはひどくバカげている。なのに、響也が弥生に抱いた違和感として、最も可能性があるような気がした。

だって彼は言ったじゃないか。

二度目に会ったとき『君の匂いが、俺の理想の匂いなんだ』と。

響也は『匂い』に敏感だ。特別な嗜好はないと言っていたけれど、彼は自分でも気づかないうちに弥生の『匂い』に違和感を抱いていたのではないか。

弥生からは華やかなバラのような香りがする。匂いの苦手な香乃ではあるが、決して不快な香りではない。むしろ普通ならドキッとしてもっと近づきたい、そう思わせる香りのはずだ。

けれど響也には違ったのではないか。不快な香りではないからこそ、響也自身、違和感の原因がそこにあるなんて思っていなかったのかもしれない。

「ごめんなさい……そんなのあなたにだってわかるはずもないのに、変なこと聞いて」

香乃は自分の動揺を悟られないように、うつむいて首を左右に振った。

弥生も「響也の恋人であるあなたに会って、ちょっと動揺しすぎちゃったみたい」と、泣きながら笑った。

その姿に、ずきんっと胸が痛む。

香乃はコーヒーを飲もうとして自分の指が震えていることに気づいた。すぐにテーブルの下に隠してぎゅっと握りしめる。

「響也に選ばれたあなたが、うらやましいわ」

弥生はそう言うと、静かに席を立って香乃の前から去っていく。

去る間際、彼女のバラの香りが香乃の鼻腔をついた。

「……いい匂い」

香乃には決してない、女性らしい華やかな香り。

男性なら誰だって、自分よりも弥生を選ぶはずだ。

響也が抱いた違和感の理由が本当に『匂い』なら——

もし香乃の匂いが変化して、響也の理想と違うものになったら？

もし香乃よりも、好みの匂いの相手が現れたら？

弥生と同じように、香乃も違和感を抱かれて振られてしまうのだろうか？

「まさか……そんな、バカバカしい」

『匂い』がきっかけで恋人と別れるなんて、そんなのあり得ない。もし他人からそんな話を聞かされたら、笑ってしまうようなことだ。

香乃はぬるくなったコーヒーを一気に飲み干した。

そのときスマホが突然震えて、びくっとする。

見ると響也からのメールで、仕事が終わったことと、香乃の居場所を聞く内容が記されていた。

香乃は震える指をなんとか動かし、場所を伝えた。

今から響也と久しぶりに会うのだ。彼の笑顔を見て、笑っておかえりなさいと言う。そして一緒に彼の部屋に向かって、作り置きしておいた手料理を温めて食べよう。おいしいって喜んでくれるといい。それからぎゅっと抱き合ってキスをする。彼はいつものように香乃の首筋から匂いを嗅いで——『いい匂いだ』と安堵したように囁く(ささや)に違いない。

『匂い』に違和感を抱いて別れるなんてバカバカしい。けれど——自分は『匂い』がきっかけで付き合い始めたのだ。

「香乃、遅くなってごめん」

はっとして顔を上げると、響也がコーヒーショップに駆け込んできた。彼は香乃をいつもと同じ甘い目で見つめてくる。

海外出張から戻ったばかりだが、彼に疲れは見えない。元気そうで良かった。会えて嬉しい。

確かにそう思っているはずなのに、なぜか心は急速に冷えていく。

香乃は今までまばらだった周囲の視線が集まってくるのを感じた。

誰が見たって響也は素敵な男性だ。

そんな人が、香乃と付き合ってくれている。

美人でもない、特別仕事ができるわけでもない、おしゃれでもない。

ただ彼の理想の『匂い』をしているというだけで。

「香乃？」

「……おかえりなさい、響也さん。お仕事お疲れ様です」

顔に笑みを張り付けて、香乃はなんとか言葉を口にした。

それが限界だった。

響也に顔色が悪いことを指摘された香乃は、体調が悪いと言い訳して、結局その日は自分の部屋に戻った。響也はタクシーで送ってくれて、しきりに「無理させてごめん」だとか「一緒にいなくて大丈夫か」と言ってくれたけど香乃はそれを丁寧に断った。

「冷蔵庫の中に準備した食事があるから、温めて食べてください」と伝えるのがやっとだった。

会いたくて会いたくてたまらなかったのに。

今夜は響也と抱き合ってキスをして二人で朝を迎えたかったのに。

香乃はその日ベッドの中で、自分が抱いた可能性を何度も何度も振り払おうとした。

『匂い』がきっかけで興味を持たれたのは事実だ。でも彼は言ってくれた。

『香乃に惹かれている』と。

……もっと知りたい、知ってほしい。だから近づきたい。友達としてではなく付き合いたいと、はっきり言葉にしてくれた。

けれど、そう言った響也の顔が、いつのまにか元カレの顔に変わる。

元カレだって、最初は耳に心地いい言葉を並べ立てた。

『香乃と一緒にいると癒される』

『香乃の手料理が一番おいしい』

『そのままの香乃が好きだよ』

でも、その優しかった笑顔が一瞬で豹変した。

『俺にとって都合が良かったから付き合ってやっただけだ――』

冷たく豹変した元カレの顔が、いつの間にか響也の顔に変わって、彼は悲しそうに香乃に別れを告げてくる。

『理想の匂いだったから興味を持っただけだ』

「……っ！」

香乃はがばっとベッドから飛び起きた。いろいろ考えているうちに眠っていたようだ。

夢の中の出来事なのに、ひどく胸が痛い。びっしょりと汗をかいていて気持ち悪い。

彼の理想の『匂い』でなくなれば、弥生と同じように彼は香乃に違和感を抱くのだろうか。

そして夢の中と同じセリフを言うのだろうか。

『嫌いになったわけじゃない。でも違うんだ、君じゃない』と。

「そんなわけない……私の『匂い』が変わったって、彼は私を好きでいてくれる。『匂い』はただのきっかけだもの!! 響也さんはそんな理由で私と別れたりしない!!」

暗闇の中で香乃は叫んだ。膝を抱えてうつむくと、ますます嫌な想像が広がっていく。

……理想の『匂い』じゃない私に、彼はあんなに強く興味を持ってくれた？

……一目惚れされる要素なんかないことは自分が一番よくわかっている！

……『匂い』以外に私にどんな取り柄(え)があるの？

マイナス思考の渦(うず)は勢いを増して、香乃を翻弄(ほんろう)する。

そして、香乃はそこから抜け出すことができなかった。

それから数日後、香乃は自宅の洗面所の下から、試供品としてもらったボディクリームや、雑誌の付録についていたシャンプーとコンディショナー、薬局で買い物をしたときのくじで当たったアロマポットとアロマのセットなどを取り出した。

自分では使わないけれど、美咲たちが泊まりに来たときに役立つかもしれないと、取っておいたものだ。香乃はそれらをテーブルの上に並べて、ひとつずつ香りを確かめた。

さわやかな柑橘系の香り。

甘ったるい桃のような香り。

ラベンダーの優しい香り。

華やかなバラの香り。

単体で少し匂いを嗅ぐだけなら「いい香り」と素直に思う。

香乃はとりあえずアロマポットの使用説明書を見ながら、付属のオイルを器に垂らした。コンセントを差し込むとライトがついて、その熱で香りが広がるらしい。

しばらくするとふんわりと香りが広がってくる。付属のオイルには「ラベンダー」の表記があって、こんな香りがするんだ、と初めて知った。

それから昔間違えて買ってしまった、匂いつきの衣類防虫剤の封をあける。フローラルの香りと書かれていたけれど、香りが強すぎてよくわからない。アロマオイル以上に香りがして、香乃は急いで洋服や下着の入っている引き出しにしまった。

そしてジャスミンと書かれたボディクリームを肘から手首まで塗ってみる。さっぱりした香りでこれはなんとか我慢できた。

シャンプーなどは今夜から使ってみる予定だ。

「私……何やっているんだろう……」

フローラルの残り香に、部屋中に広がってきたラベンダーの香り。そして自分の腕から香るジャスミン。いくつもの香りがまじり合って、香乃は眉をひそめた。さすがに気持ち悪くなってきて、慌てて洗面所でボディクリームを洗い流す。

「とりあえずアロマオイルだけは耐えてみよう……」

バカなことをしている自覚はあった。

響也の元恋人である弥生と話をしてから、香乃の中で身勝手な想像が膨らんでは萎んでいる。

響也と弥生が別れた理由が、彼が抱く『違和感』だったとしても、その『違和感』が『匂い』であるとは限らない。もっと別の理由で、響也は弥生と別れた可能性だってある。

香乃に興味を持ったきっかけは確かに『匂い』だけれど、今は『匂い』だけでなく香乃自身を見てくれているはずだ。

彼が示してくれる愛情を、素直に信じればいい。

なのに、別の声が聞こえてくる。

『匂い』がきっかけで好かれたのなら、その逆もあり得るのではないか?

『匂い』がきっかけなら『匂い』で別れる可能性もある。

――自分の『匂い』が変わったら、彼はどうするのだろう?

その考えは香乃の心に、黒い染みを落とした。

ぽつんっと落ちた小さな染みが広がって、どんどん心を黒く浸食していく。

大して取り柄のない自分から彼の好む『匂い』がなくなったら……響也は新たに『理想の匂い』を持つ人を探すのではないか。

「そんなことない……たとえ私の『匂い』が変わったって、大丈夫」

彼を信じたい気持ちと疑う気持ちとが、黒い渦となってぐるぐる回る。マイナス思考の渦はどす黒い色に変化して、香乃に思ってもみない行動を取らせた。

香乃のスマホには響也からのメッセージがある。彼は海外出張から戻ってさらに忙しくなったようで、会えないことを謝罪するメールが続いていた。しかし今週の金曜日にようやく都合がついたらしく、香乃の予定を問うメールが届いた。

いつもどおりヨガに行って体を動かして、シャワーを浴びてから響也に会おう。

そしてそのとき、いつもと違う香りを身に纏う。

そういえば智子はまだ香水のサンプルを持っているだろうか。あれならば一時的でも自分の匂いが変化するかもしれない。

頭の片隅でバカな考えだと自身を嘲笑いながらも、香乃はそこから逃れることができないまま、響也にＯＫのメールを送った。

＊＊＊

響也は休憩用のカフェスペースに行くとコーヒーのボタンを押した。ようやく仕事の目処がたって一息つく。海外出張から戻ってからの二週間は、トラブルの余波が続いて残業三昧だった。先日、コーヒーショップで具合の悪そうだった香乃が心配でも、会いに行く余裕すらなかったのだ。

香乃からは『体調は良くなりました。ご心配をおかけしてすみません』とメールがきていたけれど、やっぱり気になる。それなのに仕事はいつまでたっても終わらないから、ずっとイライラした日々を送っていた。

今週の金曜日にやっと彼女と会う約束を取り付けられて、少し気持ちが落ち着いてきたところだ。

何度となく「金曜日は絶対残業しない」と自らに言い聞かせている。

会えない日々が続くことが、こんなにも精神的にきつくなるとは思ってもいなかった。

香乃が自分にとって特別な女性であることはわかっていたけれど、改めて深く自覚させられた。

ものすごく飢えている。

香乃のことを思うと、体の奥がぎゅっと疼く。

香乃に会えないことを詫びれば、『お仕事ですから気にしないでください』だの『お体には気をつけてくださいね』だのこちらを気遣う返事ばかりが届く。

彼女の優しさが嬉しくもあるけれど「会えなくて寂しい」とか「少しでも会いたい」とか、もっと拗ねたりわがままを言ったりする姿が見てみたい。

他の女性から「仕事と私どっちが大事なの？」と聞かれたら迷わず「仕事」と答えるのに、もし相手が香乃だったら「君だよ」と答えたくなる。

実際、香乃と出会ってから、仕事の合間に恋人に会いに行くのではなく、会うために仕事を調整するようになった。これまでの自分では考えられない。今だって香乃に会えると思うから仕事にも精が出るのだ。

「響也、こっちにいたのか」

「ああ、お疲れ」

裕貴は響也を見つけるとさっと周囲に視線を走らせた。タイミングよく隣のテーブルで休憩していた人間が席を離れていく。

裕貴は何の飲み物も取りに行かずに、響也の隣に座った。

「おまえさ、妙な噂が流れているの知っている？」

「妙な噂？　今度は何だよ」

誰もいないのに声を潜めて話しかける裕貴を訝しげに見た。

社内での噂話などいつものことだ。男も女も関係なく、他人の噂話というのはストレス発散になるのだろう。これまで響也も何度となく噂の的になってきたので、こうしてわざわざ裕貴が聞いてくることに驚いた。

「彼女と一緒にいるところ、会社の人間に見られたんだろう？　ちょっとすごい言われ方しているよ」

裕貴が言葉を濁すくらいなのだから、聞いても面白くない内容なのだろう。

スーパーで同期の女子社員たちと会ったことを思い出し、響也はおおよその見当をつけた。

「余計なお世話だな……」

自分の隣に居る香乃を見るなり、彼女たちは蔑んだ視線を向けた上に、ひどい言葉を投げつけてきた。

彼女たちは響也の元カノである弥生と仲がいい。別れた直後も彼女たちからは散々非難されたが、そのときは響也も自分のせいだとわかっていたから黙って聞いた。

けれど香乃への侮辱となると話は別だ。スーパーでもはっきり言ったのに、社内でまで噂にするなんて、いくら友達である弥生を思ってのことだとしても度を越している。

「噂の出どころは見当がついている。彼女たちにはきちんと釘を刺す。俺がどんな女性と付き合おうと関係ないんだから」

「ああ、そうしたほうがいい。あることないこと付け加えて、彼女のことを貶めるような言い方をしている。同じ会社じゃないから彼女の耳には入らないとは思うけど……」

せっかく香乃に会える日が決まって自分の気持ちが落ち着いたところだったのに、水を差された気分だ。響也は早急の対応が必要だと思った。

「わかった。できるだけ早めに対処する」

そんな噂がもし耳に入って、彼女が自分と距離を置いたらどうする？

それでなくとも香乃は遠慮がちで控えめな女性なのだ。やっと心を許してきてくれて、少しずつ甘えてくるようになったところなのに、また警戒されてしまう。

……どう考えたって、好きなのは俺のほうだ。

だって彼女からは一度も『好き』だと言われたことがないのだから――

ぽんっと裕貴に肩を叩かれて、響也ははっとして顔を上げた。普段は弱みにつけこんでからかってくるくせに、やけに神妙そうで心配されているのがわかる。

「大丈夫か？　俺にできることがあれば、遠慮なく言って」

「ああ、ありがとう」

切実に香乃に会いたいと思った。今からでも仕事を放り投げて、彼女のもとへ向かいたい。彼女はきっと驚きながらも、嬉しそうに微笑んでくれるはずだ。

そんな願望をぐっと抑えて響也はコーヒーを飲み干した。

今週末こそゆっくり過ごすのだ。そのためにも、まずは目の前の仕事を片づけるのが先決だった。

「仕事に戻るよ」と裕貴に告げて、響也は足早に部署へ戻った。

＊＊＊

金曜日の夕方、定時に仕事を終えると、香乃はいつものようにヨガ教室にやって来た。

照明を落とした静かな部屋の中、インストラクターの女性の穏やかな声に導かれながら、様々なポーズを取っていく。

四つん這いの姿勢から片膝を立てると、合わせた両手をゆっくりと頭上に上げた。

「両手を伸ばして、背筋を真っ直ぐに。肩の力は抜いてください」

腕を伸ばすとどうしても一緒に肩が上がってしまう。香乃は背筋の力は保ったまま、肩をすとんとゆるめた。

「大丈夫な方は膝を上げて挑戦してみてください」

インストラクターの指示に、ヨガマットについていた膝を浮かせる。そのポーズを維持したまま、幾度か呼吸を繰り返していると、二の腕やふくらはぎがぷるぷるしてきた。日常ではしないポーズをとり、自分の体と呼吸だけに集中していると、外に散らばっていた意識が内に入っていく。一切の雑念を忘れるこの瞬間が好きで、香乃はヨガを続けているのだ。

「膝をついて、手を下ろしてください。汗を拭いて水分補給したら横になりましょう」

ようやく最後の休息のポーズになった。

香乃は水分を取ると、ヨガマットの上で仰向けになって目を閉じる。

心地よい疲労感に身を委ねて全身の力を抜くと、体がだんだん重くなっていった。まるで海の中に徐々に沈んでいくようだ。いっそこのまま眠ってしまいたいとさえ思った。

インストラクターが小さく鐘の音を響かせて、終わりの合図を示した。

目を開けて、静かに体を起こす。

そして、あぐらをかいて胸元で手を合わせた。この最後のポーズでいつもヨガは終了するのだ。

「お疲れさまでした。ありがとうございました」と挨拶をしてレッスンを終えると、香乃はシャワールームに向かった。

激しい動きをしたわけではないけれど、岩盤浴の効果もあって、肌はしっとりと汗ばんでいる。

いつもならヨガの効果で、心も体も癒された状態になるのに、今日はあまりうまくいかなかった。

コーヒーショップでわずかに顔を合わせて以来、今夜は久しぶりに響也と会う。

これまでは彼に会うのを楽しみに、シャワーを浴びて、いそいそとデートの準備をしていた。けれど今の自分は強い緊張感を抱えている。

香乃はシャワーを浴びながら、幾度となくため息をついた。

シャワーを浴びれば汗が流れてすっきりする。この気持ちも、汗と一緒に流れてくれたらよかったのに……。胸に広がった不安という名の黒い染みは、いつまでたっても消えてくれなかった。

「響也には似合わない」なんて当たり前のことを言われて、彼にお似合いの綺麗な元カノに会った。

別れた理由を聞かされて「もしかして……」と思ってしまった。

単なる自分の勝手な思い込みにすぎないのに、あの日から後ろ向きな思考に囚われている。

響也と弥生が別れた理由は、もしかしたら『匂い』のせいかもしれない――

だったら、自分だってそれを理由に別れを告げられる可能性がある。

もし自分の『匂い』が変化したら？

彼の『理想の匂い』でなくなったら？

彼は香乃にも『違和感』を抱いて、別れを切り出してくる？

そんな不安がいつまでも消えずに、心に巣食っている。

それとは裏腹に――

『匂い』はあくまでもきっかけで、彼が好きになってくれたのは自分自身だ。

彼が好きなのは香乃の『匂い』だけでないと信じている。

たとえ『匂い』が変化しても、彼の気持ちは変わらない。

そんな風に思ったりもした。

相反する二つの考えが心に広がり香乃の心を疲弊させる。

香乃はため息とともにシャワールームを出ると、パウダールームに入った。

ふと鏡を見れば、これからデートに行くとは思えない、思いつめて暗い顔をした自分が映っている。

「疑っているわけじゃない。信じたいだけなの」

自分自身にそう言い訳をする。

「『匂い』だけじゃないって、思いたいの。だから……！」

香乃は決意を秘めて、鏡の中の自分に幾度となくそう言い聞かせた。

今夜は薄紫色のニットに、オフホワイトのレースのスカートを合わせた。夜になると冷えるようになったから、濃紺のニットコートも準備している。発熱素材で薄手でも温かいので今の時期には重宝（ちょうほう）している。

目元にも薄いパープルのアイシャドーをそっとのせて、いつもよりも濃いめのメークにした。

ふわりとした髪はブラシで整えてそのまま背中に流す。

髪が動くたびに、昨夜使ったシャンプーの香りが広がる。シャンプーの香りは意外と長く続くのだと、使ってみて初めて知った。

香乃は最後に、バッグの中から香水の入った小瓶を取り出した。

以前会社で智子に「いらないか？」と言われた香水の試供品だ。

まだ持っているか聞いたら「引き出しに入れっぱなしで忘れていたわ！」と見せてくれた。改めてもらえないかと問うと、「恋人ができたから、香りにも興味が出てきた？」

と、智子は快く譲ってくれた。

香乃はかわいらしい小瓶を見ながら、自嘲する。

きっと、こんな風に相手の気持ちを試そうとする自分には、ふさわしくない香りだろう。

香乃は蓋を開けて、その香りを吸い込んだ。

上品な、淡い花のような香り。

香水をつけたからといって、自分の匂いが変化するわけではない。

それでも……もうこういう手段を取るしか、自分の中に広がった黒い染みを消す方法が思いつかなかった。

香乃は意を決して、香水を首筋と足首に軽く一吹きした。


ヨガ教室を出ると、重い足取りで待ち合わせ場所である本屋に向かった。

ヨガに行って体も心もリラックスするはずが、リラックスとはほど遠い緊張を抱えたままだ。歩くたびに微かに鼻に届く香りも気になって、香乃は落ち着かない気持ちでいっぱいだった。

わざと香りを纏って彼の反応を試そうとしている自分に、後悔が押し寄せてくる。

いっそ今すぐ家に帰って、もう一度シャワーを浴びたい気分になった。

本当なら、久しぶりに会う響也のことを思って、幸せな気持ちで歩いていたいのに。

こんな駆け引きみたいなことをする自分は嫌なのに。

「香乃！」

知らず立ち止まりかけた香乃の背中に、甘い声が掛けられた。振り返りたいのにすぐには動けない。なんとか力を入れて体ごと向きを変えると、響也がすぐに近づいてきた。

嬉しそうな彼の笑顔に、香乃の胸はどくんっと鳴る。

そして、たちまち喉につかえていた塊（かたまり）がすっと溶（と）けていった。

会いたかった。会えて嬉しい。

素直にそんな感情が香乃の心に広がっていく。

「ちょうどいいタイミングだったな。仕事お疲れさま。体調はもう大丈夫？」

響也の手が自然に頬に触れてくる。

愛しむような表情に香乃は泣きたくてたまらない気持ちになった。

会えて嬉しい気持ちと同じスピードで、後悔がどっと押し寄せてくる。

「香乃？　どうした？　もしかして無理してる？」

（なんで……こんなことしたんだろう）

香乃はゆるく首を横に振った。

そして頬に触れている彼の手に、そっと自分の手を重ねる。

「……会いたかった。ずっと、響也さんに会いたかったんです」

泣きそうなのは、会えなくて寂しかったから、そんな風に見えてほしい。

卑怯な自分を見抜かないでほしい。

別の香りになんか気づかないで――

響也はすっと目を細めると、往来にもかかわらず香乃をゆるりと抱きしめた。

久しぶりの彼の抱擁に、ますます気持ちが激しく揺らいだ。

「なかなか時間が取れなくてごめん。俺もずっと君に会いたかった」

そう甘く囁いて、抱きしめる腕に力が入る。

直後、彼が微かに身じろきしたのがわかった。

断罪を恐れて、思わず香乃はぎゅっと目を閉じる。緊張で強張る体に気づかれないよう、そっと彼に身を委ねた。

「体調は？　本当に大丈夫？」

響也が香乃の髪を撫でながら聞いてくる。

「この間は心配かけてごめんなさい。体調はもう大丈夫です」

「そうか、良かった」

彼の優しい声に、香乃はおそるおそる顔を上げた。

そこには心から安堵している様子の響也がいて、真っ直ぐに香乃を見つめている。

いつもと変わらない穏やかな表情に、香乃はずるい期待をした。

（もしかして……気づいてない？）

香水の量が少なかったのだろうか？　ここに来るまでに消えてしまった可能性もある？

香水などほとんどつけたことがないから、どれだけ使ったら香りが伝わるのかまったく想像できない。

「じゃあ、行こうか」

すっと当たり前のように手を差し出される。香乃は戸惑いつつも手を伸ばした。

骨ばっていて大きな彼の手は、温かくて優しい。手を繋いで歩けば、いつもほっとした気持ちになる。なのに今日は、後ろめたさから響也と同じ強さで握り返すことができない。

響也は今から向かうレストランのことや、仕事のこと、香乃が冷蔵庫に残していた料理がおいしかったことなどをにこやかに話している。

響也の話に頷きながら、香乃は何度となく表情をうかがった。

そのうちに、都合のいい考えを抱く。

あれは香水の試供品だった。だからあまり香りがしないのかもしれない。シュッと軽く吹いただけだから、肌にはあまりつかなかったのかもしれない。

それに、匂いなんかそこかしこに溢れている。

人が纏う匂いだけでなく、花の匂い、木々の匂い。

食べ物屋の匂い、排気ガスの臭い、生ごみの臭い。

日常に溢れる匂いは、紛れて、混ざって、意識しなければ気づかないものだ。

きっと人混みに紛れて、自分がつけた香りもわからなくなったのかもしれない。

そんなことをぐるぐる考えているうちに、一人で空回りしている気になってきた。

勝手に不安になって、卑屈になって、やけになって、無駄にあがいている。

いったい何を疑っているんだろう？

響也の気持ち？

『理想の匂い』じゃなくなったら別れるってこと？

どれも自分の勝手な思い込みじゃないか――

「……乃、香乃」

「はいっ」

名前を呼ばれていたことに気づいて咄嗟に返事をする。

響也は「ぼんやりしてどうした？　お店はここだよ」と苦笑しながら、真っ赤な暖簾を指さした。

店の軒下に下がっている丸い提灯の明かりに照らされた彼の表情は、やわらかくて、優しい。

香乃は愛しい気持ちと切ない気持ちでいっぱいになる。

このまま何事もなく時が過ぎればいい、そうずるい願いを抱いた。


店内は壁も床も真っ黒で、間接照明が効果的に使われていた。テーブル席にはスポットライトが当たっていて、居酒屋にしてはおしゃれな雰囲気だ。隣の席との間に壁がなくても、ライトの明暗によって空間をしきることで個室っぽい印象になっている。

響也のお薦めをはじめ、一品料理をいくつか頼んだ。

カンナで削り取ったという、特徴的な模様がかわいらしい陶器の器が使われている。

その上、一皿一皿が、まるでフレンチのように上品に盛り付けられていた。

食欲はないと思っていたのに、互いに取り分けながら食べていると食が進む。オリジナルのカクテルが豊富で、二人で飲み比べたりした。

海外出張であったトラブルを、響也はさらりと話してくれる。

香乃は相槌を打ちながら、大好きな彼の声に耳を傾けていた。

低めの艶のある声は、最初に耳にしたときから香乃をドキドキさせる。

ちょうど運ばれてきた季節野菜の天ぷらには、彼の苦手なシイタケがあった。響也はこっそりそれを香乃のお皿にのせてくる。

香乃は笑ってそれを食べた。

楽しい会話とおいしい食事に、心が温かくなる。

響也は事あるごとに香乃の食べ方を褒めてくれるけれど、彼の所作もとても綺麗だ。

長い指は器用にお箸を扱って、お椀型の陶器の器に入った抹茶豆腐を綺麗に取り分ける。

彼の好きなところのひとつだ。

そして、『匂い』に敏感なこと――

『理想の匂い』なんだ――そう正直に告白してきた彼の目を覚えている。

それは、彼を形作る要素のひとつだった。

彼の趣味であるワインも、匂いに敏感なおかげではまったのだと教えてくれた。

部屋にあったワインセラーは小型冷蔵庫なみの大きさでびっくりした。

逢瀬を重ねるたびに彼のことを知って、そしてどんどん惹かれていった。

（……もういいじゃない。私の『匂い』だけが好きだって。だって私は……）

彼の声も、手も、真っ直ぐに見つめてくれる眼差しも、『匂い』に敏感なところだって。

彼の何もかも全てが愛しいのだから。

お店を出ると、ほんの少し寒さが増していた。持っていたニットコートを羽織る。

やっぱり準備しておいてよかったと思った。

けれど動いた瞬間、ふわりと覚えのない香りが広がって香乃ははっとした。

香水は時間とともに香りが変化すると教えてくれたのは誰だっただろうか。

当たり前のように響也が手を伸ばして、香乃の手を取った。

おそるおそる響也の表情を見て、ああ、やっぱり気づいていたんだなと思った。

気づかないわけがないのだ。

だって彼は『匂い』に敏感なんだから。

ゆっくりと駅へ向かって歩き始める。

お店は通りから少し奥まっている場所にあったので、人通りはほとんどなかった。

「香乃」

「はい」

「もしかして、香水つけている？」

「……はい」

声が震えた。

身勝手にも、気づいても指摘しないで欲しかったと思った。

だって指摘されてしまったら、香水をつけた理由を答えなければならない。

彼は香乃が香りの強いものが苦手と知っている。それなのにつけたのなら、何か理由があると思うのが普通だ。

香乃は目を伏せて表情の変化を見られないようにすると、慌てて取り繕った。

「職場の人に試供品をいただいたんです。素敵な香りだからつけてみたらって勧められて。ダメでしたか？」

緊張で声が上ずってしまいそうになる。

なんて無様な言い訳なんだろう。

わざと香水をつけたくせに、この期に及んで卑怯な自分を知られたくないとあがいている。

だったら最初から試すようなことをしなければよかったのに！

鼓動がどんどん速くなり、大きくなってくる。耳鳴りがするほどうるさい。

響也がそっと香乃の首元に顔を寄せた。

香乃は思わずびくりと肩を強張らせた。

「……いや。いい香りだと思うよ」

ことさらゆっくりと進んでいた歩調が止まる。

香乃の手を握っている大きな手は、温かいと思っていたのに今はしっとり汗ばんでいる。

「でも、確か香りのするものは苦手だって言っていたよね？」

響也の口調は淡々としていて、あくまでも優しかった。低く落ち着いた声は、香乃の好きなもの。

初めて耳元で囁(ささや)かれたときは、体のほうが先に反応したぐらい。

「嫌、でしたか？」

ここで泣きそうになるのはずるいのだろう。でも、卑怯な聞き方をやめられなかった。

「そんなことない。ただ、君の中で何か心境の変化でもあったのかと思って」

響也は決して責めているわけじゃない。

それなのに、彼が心の奥底では『理想の匂いが消えて残念だ』と思っているような気がして仕方がなくなる。

そんな風に考えるのは、後ろめたいことをしている自分のせいかもしれないのに。

目の前が真っ暗になっていく。

香乃の心の中で一気に黒い染みが広がっていった。

信じたいという気持ちと、信じられない気持ち。

それらはぐるぐる絡(から)まって渦(うず)を巻き、香乃の心に居座り続けている。

響也に会えない間、心の中で燻(くすぶ)っていた不安は大きくなるだけだった。

『理想の匂いなんだ』

そう言われたときは呆気に取られて、ただ驚いた。

そのうち、匂いを嗅がれるのが恥ずかしくても、彼が好きになってくれたのだからと思った。

でも彼の元カノである弥生に会ったことで、疑念が芽生えた。

弥生と別れた理由である『違和感』が、『匂い』からきているものだとすれば……

もしかして彼は、無意識に『匂い』で女性を選んでいるのではないか。

『理想の匂い』だから、好意を持ったのだと彼は最初にはっきり口にした。

だから心に巣食った不安を完全に消し去ることができないでいる。

香乃は、彼に聞きたくてたまらなくなった。


「あなたが好きなのは『匂い』ですか？　それとも私自身ですか？」と――

香乃は唇を強く結んだあと、ぐっと拳を握った。

「嫌ですか？　自分好みの『匂い』じゃなかったら嫌ですか？　私の『匂い』が変わったら、響也さんの気持ちも冷めて変わりますか？」

「香乃？」

「響也さんは私の『匂い』が好きなんでしょう？　それって、裏を返せば私がどんな顔だろうと性格だろうと関係なかったってことですよね？」

「香乃、待って。なんか話がずれている――」

「ずれてなんかないっ!!」

香乃は繋いでいた響也の手を振り払うと、思い切って彼を見上げた。

響也にとってずれていても、香乃の中ではそれらは一本の線で繋がっている。

「香乃！　どうした？　なんでいきなりそんなことを言う？　『匂い』だけが好きだとかそんなの関係――」

響也は言いながら、はっとしたように言葉を途切れさせた。

「香乃……なんで泣いて」

茫然と呟く彼の声を聞いて、香乃は初めて自分が泣いているのに気づいた。

流れる涙を乱暴にぬぐう。

「響也さんが好きなのは私の『匂い』であって、私自身じゃないんでしょう？　私が理想の『匂い』じゃなくなったら別れを切り出すんじゃないですか？　弥生さんのときみたいに」

香乃は嗚咽をこらえながら響也を見上げた。油断すると涙が勝手に盛り上がってくる。溢れそうになるたびに、手でぬぐった。

困惑したように眉根を寄せた響也は、弥生の名に大きく目を見開く。

「ずっと、疑問に思っていたんです。私のどこを好きになったのか。『匂い』が好きって言われて、びっくりしたけど、それでもその正直さが逆に好ましく思えました。でもだんだんわからなくなっていった。響也さんが好きなのはあくまでも私の『匂い』だけで、別に私のことが好きなわけじゃないんじゃないかって」

「それは、違う！」

香乃はぎゅっと掌を握りしめると、唇を強く結んだ。

響也は『匂い』に敏感なだけで、特別な嗜好はないと言った。

彼はおそらく無意識に『匂い』で女性を選別しているのだろう。

そのことに自分で気がついていないだけだ。

だからきっと、このセリフを言ったら彼は自覚するに違いない。

理想の『匂い』でなくなれば、冷めてしまう程度の気持ちであることを。

好きになったのはあくまでも『匂い』で、香乃自身ではないことを――

言わなければ彼は気づかない。

でもいつ自分の『匂い』に飽きられるか、不安を抱えながら付き合い続けるのはつらい。

香乃は緊張ですっかり乾いた唇を開いた。

「じゃあ、『理想の匂い』じゃない私に、あの夜声を掛けましたか？　興味を持ちましたか？」

（好きになりましたか？）

香乃は響也の本心を見逃さないように彼を真っ直ぐに見つめた。

ワイン会の会場まで迷わず辿(たど)り着いていれば、テーブルで相席になっただけの関係で終わっていたかもしれない。テーブル越しの距離で香乃の『匂い』に気づくとは到底思えない。

偶然『匂い』を嗅いだから興味を抱いただけで、そうでなければ二人の関係は始まらなかった。

香乃の『匂い』に気づかなければ……平凡な自分に彼が声を掛けてくるわけがないのだ。

涙でぼやける視界に戸惑う響也の姿が映る。

彼はきっと、今、自分たちが出会った日のことを思い出している。

……彼はどんな想像をするのだろう。

興味なんて持たなかった。声なんて掛けなかった。相手になんかしなかった。

たぶん、そんな想像をするはずだ！

「響也さん好みの『匂い』なら、相手は私じゃなくてもいいんじゃないですか……？」

口元を手で覆(おお)った響也は茫然(ぼうぜん)と香乃を見つめている。

その瞬間、香乃の中に広がり続けていた黒い染みが真っ黒に心を埋め尽くした。

香乃は軽く頭を下げると、踵を返して響也の前から走り去った。

(私を好きだなんて、彼の思い違いなのよ……そう気づけば、きっと――)

きっと響也は、香乃のもとから離れていくのだろう。

別れ際の茫然とした響也の表情が瞼の裏にいつまでも焼きついていた。

香乃は響也から逃げ出すとすぐにタクシーを拾った。

不安に思っていたことを相手にぶつければ、黒い染みは消えてなくなるのだと思っていた。

けれど結果は、重苦しいまでの濃度で香乃を傷つけた。

あんな言い方をするつもりじゃなかった。

もっと落ち着いて冷静に話をするつもりだった。

香水の香りに気づいた響也から、非難されているように感じたのも自分の被害妄想にすぎないのに。

(……あんな言い方、あなたのことなんか信じないって言ったようなものじゃない!!)

香乃は溢れそうな涙を乱暴に拳でぬぐった。

自分で招いた結果なのに、泣く資格なんてない。

彼の気持ちを信じたかったはずなのに、口から出たのは正反対の言葉。

『匂い』だけじゃないですよね？

私自身のことも好きですよね？

それを確かめたかっただけなのに……

(だって……『匂い』以外に好かれる要素なんかないもの！)

自分のことは自分が一番よくわかっている。

人目を引く彼の隣を歩いていれば、いつだって視線を感じた。

彼の同僚の女性たちだって、彼には似合わないとはっきり口にしたじゃないか。

元カノである弥生に会ったときは『どうしてこんなに綺麗で素敵な女性と別れたの？』と思った。

過去の恋では、『おまえなんかに本気になるわけがないだろう。身のほどを知れよ』と言われた。

だから、響也に好きだと言われて嬉しかった。

もう一度、彼の言葉を信じたいと思った。

優しくされて、真っ直ぐに見つめられて、艶（つや）のある声で名前を呼ばれて、甘いキスを交わす。

響也への気持ちは急激に加速して、またジェットコースターに乗っている気分になった。彼が見せてくれた景色は過去とは比べ物にならないほど綺麗で、優しくて、温かくて……だから怖かった。

いつ急降下するかという恐怖がずっとどこかにまとわりついていたから。

スマホが震える。

香乃ははっとして、振動が終わるまで待った。

響也からのメッセージだろうかとおそるおそる画面を開く。

だが、きていたのは美咲からのメールだった。香乃は縋るような思いで彼女に電話をかけた。

『あ、香乃？　今大丈夫なの？　メール見た？』

「み、さき……ちゃん」

『香乃？』

痛い。胸が痛くてたまらない。

傷ついた心から、血が流れているようだ。

『香乃？　泣いているの？』

美咲に優しく言われて、我慢していた涙がどっと溢れた。

「……っく、ふうっ」

『今どこ？　今夜は家にいるから家においで。香乃、聞こえている!?』

まだなんにも言っていないのに、察しのいい美咲はしきりに香乃の名前を呼ぶ。

「うん。……聞こえている。ごめん、ごめんね」

『謝らなくていいから、とにかく気をつけておいで』

「うん、うん……ありが、とう」

響也に会うたびにどんどん惹かれた。気持ちが溢れていった。

美咲たちには「彼のことが好き」だと言ったけれど。

（響也さんには……一度も言えなかった）

心で思うだけで伝えられなかったのは……彼が私なんかを好きになるはずがないという気持ちが消えなかったせい。

香乃は両手で顔を覆うと、これ以上涙が零れないようにハンカチで瞼を押さえつけた。

美咲の家に着くと、彼女は泣き腫らした香乃の顔を見てすぐさまお風呂に入るように言った。

久しぶりに来た美咲の部屋は、恋人の痕跡がそこかしこにある。洗面所に置いている二本の歯ブラシに、棚には男性用の髭剃りやヘアクリームの類。

自分の部屋には結局置かれることのなかったもの。

再び涙が滲んできて、バスタオルで慌ててぬぐうと、香乃はドライヤーで髪を乾かした。

腫れぼったい瞼をした自分の姿が鏡に映る。

ヨガ教室のパウダールームで見たときよりもさらにひどい顔で、自分はいったい何がしたかったんだろう？　と情けなくなった。

バスルームから出てくると、美咲はテーブルの上にアルコールやつまみ類を準備していた。

「美咲ちゃん、お風呂ありがとう。今更だけど、あの……彼はよかったの？」

「今夜は仕事。だから香乃は気にしないで。そうそう千鶴ももうすぐ来るって」

「千鶴ちゃんも？　突然なのに大丈夫だったのかな？」

「香乃が泣いているって聞いたら、予定があったってキャンセルするよ」

美咲は、さも当然のことのように言った。

「……ありがとう」

大切で大好きな友達。

香乃だって、彼女たちが泣いていれば何を置いても駆けつける。

でも、いつも自分ばかりが頼っているような気がした。

美咲も千鶴も、頼る前に自分で解決してしまうから。

（いつまでたっても不甲斐ないのは、私だけ……）

「香乃、シャンプー変えたの？　なんかすごくいい香りがする」

「うん……」

髪は洗わなかったが、濡れたことで薄れていた香りが再び強くなった。そういうシャンプーを選んだのだから当然だけれど、香水なんかよりよっぽど香りが強い。

「珍しいね。香りが強いもの苦手だったのに」

同じセリフを響也からも言われた。

美咲からは他意は感じないのに、響也のセリフは違って聞こえた。

響也だって本当は、素朴な疑問として口にしただけなのかもしれなかったのに。

自分の心がそれを捻じ曲げて受け取ってしまった。

インターホンが鳴って、千鶴がカメラに映る。部屋着に上着を引っかけただけのメガネをかけた姿を久しぶりに見た。慌ててタクシーに乗って来てくれたのがわかる姿に、香乃はまた泣きたくなった。

丸いダイニングテーブルを囲んで腰を下ろす。

香乃を真ん中に、美咲と千鶴が両隣に座った。

テーブルの上にはアルコールや菓子類がところ狭しと広げられていて、美咲と千鶴はそれを口にしながらおしゃべりを始める。

互いの近況や、買ってきた新製品のお菓子がおいしいとか、千鶴がメガネを新しくした話とか、香乃と関係ない話題で盛り上がっていた。

香乃は会話に加わらずに、ただ黙って二人の話を聞いている。

彼女たちは無理に話を聞き出そうとしたりしない。香乃が言い出すまで待ってくれる。たぶん、話さないならそのまま放っておいてくれるのだろう。

二人の優しさが身に染みて嬉しい。

香乃は二人の話を聞きながら、美咲が注いでくれた酎ハイをちびちびと飲んだ。

ふいに、数時間前響也と一緒に飲んだオリジナルのカクテルを思い出す。栗を使った珍しいもので、ココアのように甘くておいしかった。響也は「俺には甘すぎかな」と言っていて、バレンタインデーはチョコレート以外のものがいいかな、なんて考えたりしていた。

(どうなるんだろう……これから)

「香乃……ワイン飲む?」

はっとして顔を上げると、美咲が白ワインをグラスに注いでいるところだった。

「あ、うん」

「千鶴は?」

「うーん、もう少しあとでいいわ。でもグラスには入れておいてもらおうかな」

美咲は優雅に三脚のグラスにワインを注いだ。

薄い黄色みを帯びて、綺麗に透き通っている。

目の前にグラスを置かれて、香乃はそっとワインの香りを嗅いだ。

『まず、色。光に透かして見ると違いがわかる。それから香り。最初からグラスを回さないで、まずはそのままの香りを嗅いで』

そんな風に、響也はワインの楽しみ方を教えてくれた。

『回すならゆっくり。それだけでも香りは変化する』

そう言って、グラスを持つ香乃の手に、そっと自分の手を添えて一緒に回す。

ふわりと広がる香りは確かに最初と違っていて、香乃は素直に感嘆した。すると、響也は先にワインを口にして、香乃に口移しで飲ませてきた。

『これは恋人同士の飲み方だ。そのほうが何倍もおいしく感じるからね』

そんなことをもっともらしく教えてきた。

キスはすぐに深まって、ワインの味なのか彼の味なのかわからなくなるまで舌を絡めた。

「香乃……？」

千鶴の戸惑う声が聞こえる。

頬が熱い。

あとからあとから温かい涙が流れてくる。

どうして今になって思い出すんだろう。

あんなことをする前に、どうして思い出さなかったんだろう。

「……っ……ふっ」

自分の部屋で料理を作っていれば、今度響也にも食べさせてあげたいと思った。

雑誌を広げれば、彼の好みの服はどんなのだろう？　と考えた。

何を見ても、どんなことをしていても彼のことを考える。

冷静になって考えれば、彼がどんな目で自分を見ていたか思い出せるのに。

彼がどれだけ自分を大切にしてくれていたか、わかっていたはずなのに。

「私……自信がなかったの」

いつも朗らかな美咲が、すっと表情を改めて香乃を見た。

華やかで好奇心旺盛な美咲はいつも輝いて見える。

大好きな恋人と喧嘩したって、愚痴は言ってきても結局自分で仲直りしていた。

千鶴は心配そうな眼差しを向けている。

メガネをかけた普段着姿でも、千鶴のしっとりとした女性らしさは損なわれない。

綺麗で落ち着いている彼女は、恋人と別れたことを自分が立ち直ってから香乃たちに伝えてきた。

優しくて、大事で、自慢の親友たち。

二人は自分の力でいつも前へ進んでいく。そしてそのたびに強く綺麗になっていく。

なのに香乃だけが前へ進めずに同じところで足踏みしている。

自分から変わろうとしないで、すぐにあきらめて、周囲をうらやましそうに眺めるだけ。

そんな弱さやずるさが、目を曇らせた。

真っ黒な染みに視界をふさがれて、真実が見えなくなった。

「響也さんにね、私の『匂い』が好きだって言われたの。あの日、私に興味を持ったのは、私が彼の『理想の匂い』だったからなんだって」

二人の顔が涙でぼやけて滲んだ。

「響也さんの元カノはね、すごく綺麗で素敵な女性だった。なんでこんな人のあとに選んだのが私だったんだろうって思うくらい」

香乃は唇を噛むと、溜め込んでいた自分の醜い部分を一気に吐き出した。

「ずっと自信がなかった！　『理想の匂い』だからって興味を持たれて、だったら『匂い』が変わったら？　なくなったら？　『匂い』以外に私が選ばれる理由なんてないって。『理想の匂い』でなかったら、私なんかに声を掛けたりしなかったって」

ぽろぽろぽろぽろぽろ涙が零れる。

「そう思い込んで……」

そう、何もかもが身勝手な自分の思い込み。

弥生と響也が別れた理由も。

『匂い』がなければ興味を持たれなかったということも。

響也の気持ちを疑ったのは、根本に自分の自信のなさがあった。

「そう、思い込んで。響也さんの気持ちを疑うようなこと、言った！　自分の自信のなさを、全部言ったの。あなたが好きなのは私の『匂い』であって、私自身じゃないって響也さんのせいにした！」

目を閉じると、涙がどっと零れる。

響也は最初から真っ直ぐな眼差しを香乃に向けてきた。

その眼差しをいつも感じていた。

優しくされて、大事にされて、彼ははっきり、好きだと気持ちを伝えてくれていたのに。

対して自分は、彼に何をしただろう？

少しでも彼に思いを返しただろうか？

彼の好意に甘えただけで、何も変わろうとせず、気持ちさえも伝えていない。

あげくの果てに、彼の気持ちを試すような真似をした。

涙を流しながら、香乃は後悔に苛まれる。

すると美咲が、香乃の顔にぽすんっと優しくタオルを押しあてた。

千鶴はそっと肩を抱き寄せてくる。

「……笹井さんは香乃の『匂い』だけが好きなのか、香乃自身を好きなのか、香乃の中で答えはもうわかっているんでしょう？」

そう聞かれて再び香乃は声を上げて泣いた。

繋いだ手で、眼差しで、交わしたキスで、名前を呼ぶ声で。

響也はいつも気持ちを伝えてくれていた。

どうしてそれを、疑ってしまったのだろう？

『似合わない』。そう響也の同期の女性に言われたせい？

綺麗で素敵な元カノに会ったせい？

過去の『痛い』恋のせい？

違う。

本気で好きになればなるほど、自信を失った弱い自分のせい――

香乃はタオルをきつく目にあてて、肩を震わせて泣いた。

「で、香乃はどうするの？」

香乃の涙が落ち着き始めた頃、美咲が言った。彼女の声に香乃は濡れそぼったタオルから顔を上げる。

二人は優しい目で香乃を見つめていた。

香乃の答えをとっくに見抜いている目。

でもきちんと言葉にするように促す目。

自分が傷つけた相手には、自分から謝る。

自分の手で壊してしまったものは、自分で直す。

どうなるんだろう? なんて不安に思っているだけじゃ、これまでの自分と一緒だ。

相手に流されて、勝手に思い込んで、傷ついて、逃げ出した。

過去の恋と同じ道筋を辿っているだけじゃ、前になど進めない。

「響也さんに謝る……そして何が不安だったかちゃんと伝える。それから……自分に自信が持てるように頑張って……」

そして……彼に気持ちを伝えたい。

心の中では何度となく伝えてきた感情を、今度こそはっきりと言葉にして響也にぶつけるのだ。

あなたが好きです——と。

＊＊＊

一人きりで自分の部屋に戻ると、響也は乱暴にスイッチを叩いて部屋の明かりをつける。

ようやく久しぶりに香乃と会えるとあって昨夜までに仕事の調整を済ませた。遅くに帰ってきてから部屋も片づけた。疲れていたけれど、明日、香乃に会えると思ったら不思議と体が動いた。

響也はキッチンカウンターに準備していたワイングラスを見て、今夜彼女と一緒に飲もうと考えていたワインの存在を思い出す。

香乃は優しげな見た目の印象と違って、アルコールに強い。

ワインには詳しくなくてもおいしそうに飲んでくれる。

響也のマニアックな蘊蓄も楽しそうに聞いてくれる。

今日の一本も、気に入ってくれるといいと思って選んだ銘柄だった。

上着と鞄をソファーに投げ捨てると、セラーの扉を開けてボトルを取り出す。

コルクを引き抜いて荒々しくグラスに注ぐと、香りも嗅がずに一気に飲み干した。

味なんかわからない。ただ、アルコールによって、かっとお腹が熱くなる。

口の端から零れたワインをぬぐうと、そのまま拳をカウンターに打ち付けた。

「……なんなんだよ。なんで、こんなことになった!!」

香乃と顔を合わせたときから、なんとなく様子がおかしいと思っていた。

けれど、泣きそうな目で見上げて、「会いたかった」なんて言われたら、単純に心は喜びでいっぱいになる。

そのとき……彼女からいつもと違う人工的な香りがすることに、気がついた。

微（かす）かに感じる淡い花のような上品な香りは、決して不快なものではなかった。その場ですぐに指摘しなかったのは、他人の移り香かもしれないと思ったからだ。

香乃は今日もヨガに行くと言っていた。

もしかしたら、ヨガ教室に通う人の香水の香りが移ったのではないかと思ったのだ。

彼女は香りの強いものが苦手で、極力香りがないものか、弱いものを選んでいると言っていた。

だから香乃自身が香水を使っている可能性など考えもしなかった。

おかしいと感じたのは、食事を終えて店を出たときだった。

移り香にしては、いつまでも残っていた上に、彼女自身の匂いとまざって蠱惑的（こわくてき）に変化していたから。

響也はグラスとボトルを手にすると、ソファーに座って空のグラスにワインを注いだ。

再び一気に飲み干すと、赤ワインの渋味が喉に張りついて苦味を運んでくる。

響也の頭の中で、今も香乃の言葉がぐるぐると回っていた。

あのとき、彼女に言われた言葉が、すぐには頭に入ってこなかった。何を言われているのか、一瞬わからなかったぐらいだ。

「好きなのは『匂い』であって、私自身じゃない——か」

宙を仰いで、ソファーに背中を預ける。

すると、カタンっと何かが床にぶつかる音がして、響也はぼんやりとそちらに目をやった。ソファーに寄りかかった振動が伝わったのか、投げ捨てた上着のポケットからスマホが滑り落ちたようだ。響也は手を伸ばしてスマホを拾い上げると画面を見る。先ほど香乃へは、『きちんと話し合おう』とメールを送った。だが、彼女からの返信はない。

泣いている彼女の姿が脳裏に浮かんで、響也はひどく胸が苦しくなった。

もしかしたら、自分は最初から間違えてしまったのかもしれない。

香乃の『匂い』に強い衝撃を受けてから、自分の行動をうまくコントロールできなかった。

気持ちばかりが先走って、いつになく焦っていた自覚はある。そのあげくに、『君の匂いが俺の理想だ』などと口にしてしまった。

告白するにしても、もっと他にやりようがあったはずだ。

いくら彼女に尋ねられたからといって、バカ正直に『匂い』が好きなんて言う必要はなかった。

もっと普通に一目惚れしたとか、付き合いたいとかいくらでも言いようがあった。

けれどあのとき、響也にはそんな余裕さえなかったのだ。

ただただ、彼女を繋ぎ留めることに必死だった。

だから今の今まで、自分のセリフを彼女がどう受け取ったのか、何を感じていたのかまで、考えが及ばなかった。

あのあと、自分に対する香乃の態度が変わらなかったことで、安心してしまったのだと思う。

響也の嗜好に引いたり、嫌ったり、蔑んだりしなかったから、知らず知らず彼女の優しさに甘えていた。

香乃の遠慮がちなところは、控え目な性格によるものなんだろうと思った。

戸惑っているのは、恋愛に消極的なせいだと勝手に思い込んだ。

「冷静に考えれば、不安に感じていて当然なのに……!!」

それでなくとも、自分の同期にいろいろ理不尽なことを言われていた。

きっとあのときも傷ついて不安に思っていただろうに、自分はそれに気づくことができなかった。

そこでふと、香乃の口から「弥生」の名前が出たことを思い出す。

確かに以前、同期の二人が香乃の前で弥生の名を出した。だが、あの場で香乃が口にするのは不自然ではないか。

響也はスマホを操作して、弥生の電話番号を表示させた。別れても、会社の同期としての付き合いが続いている以上、連絡先は残している。

（もしかして弥生にも……会った？　彼女に何か言われたのか？）

迷ったのは一瞬で、響也は弥生に電話をかけた。

数コールののちに電話が繋がる。

『響也？』

「ああ、突然悪い。今いい？」

電話の向こうは少し騒がしい。

会社にまだ残っているのか、金曜の夜だから遊びに出ているのか判断はつかない。

弥生は『ちょっと待って』と言って、場所を移動しているようだった。

『珍しいね、響也からの電話。仕事に関することだって、ずっと他の人に頼んでいるのに』

彼女の言うとおり、別れてから電話をしたのはこれが初めてだった。

復縁を望む彼女の気持ちを知ってからは、極力距離を置くよう気をつけてきた。

だが、今はこちらもなり振り構っていられない。

少しだけ逡巡したあと、響也は思い切って切り出した。

「聞きたいことがあるんだ。今、俺が付き合っている女性……新藤香乃さんに、会ったりした？」

『…………』

電話の向こうは無言だった。

響也はたまらない気持ちになって、思わずワインを呷る。

無言は肯定。

いったいどこに、二人の接点があったというのか。いや、そんなことより、どうして香乃は弥生に会ったことを自分に教えてくれなかったのか。

（俺は彼女に、それほど信頼されてなかった⁉）

焦燥感に駆られながら、何も気づかなかった自分の不甲斐なさを殴りたくなった。

『彼女と会ったわ。でも私、彼女を傷つけるようなことは言っていないつもりよ。会社近くでたまたま遭遇して……私の友達がひどいことを言いそうだったから、彼女に話がしたいって言って連れ出したの』

弥生はふーっと息をつくと、静かに言葉を続けた。

『正直、うらやましかったの、響也に選ばれた彼女が。私と彼女で何が違ったのか知りたかった。私ね、いまだに納得できていないの。別れ話のとき、あなたに言われたこと――嫌いになったわけじゃない。でも違和感がぬぐえない……って。ねえ、違和感って何?』

響也はソファーに深く身を沈めて目を閉じた。

弥生と別れたとき、自分でもその違和感の原因がわかっていなかった。

「それ、彼女にも話したのか?」

『……ええ、言ったわ。彼女には違和感がないから付き合っているんでしょう? それが何かわかるか聞いたの……今は、バカなこと聞いたと思っているけど』

香乃の言葉が、すとんと腑に落ちた気がした。

自分の『匂い』が変わったら、気持ちも冷めて変わるのかと言われた理由。

香乃はきっとその『違和感』を『匂い』だと思ったのだ。

理想の『匂い』でなかったから弥生と別れたのだと考えたのであれば、彼女が言った言葉にも頷ける。

『私を責めるために電話したの?』

「いや、違う。君と彼女が何を話したのか知りたかっただけだ」

責められるのはむしろ自分だろう。

何気なく香乃と会った日がいつだったか聞くと、海外出張から戻ってきた日だった。

響也は思わず頭を抱える。

（コーヒーショップだ！　なんで気づかなかった……あのとき、香乃の顔色が悪かったのは、体調のせいじゃなかったんだ!!）

彼女は、あれからずっと苦しんでいたのだろうか、悩んでいたのだろうか。

苦手な香水をつけさせてしまうくらい、響也の口にした『理想の匂い』という一言で不安にさせてきた。

『……彼女とトラブル？　それでわざわざ避けていた相手に連絡してきたんだ。……そっか』

弥生が電話口でくすくす笑い出す。

『それだけ彼女に本気なんだね』

静かな口調で言われて、響也は雷に打たれたような衝撃を受ける。

弥生を好きだと思った。いい子だと、かわいいと思っていた。

けれど、強く思われていくほどに、同じだけの気持ちを返せない自分に気づいた。

夢中になれない。

本気で好きになれない。

『違和感』なんて……本気になれなかった自分のただの言い訳。

弥生を傷つけたくなくて、本気になれない気持ちを無意識に誤魔化した。

そうやって曖昧(あいまい)に濁(にご)した結果がこれだ。

弥生の思いをきちんと終わらせることもできず、香乃に誤解を与えた。

（弥生に感じた『違和感』は『匂い』じゃないんだ……香乃！）

本気で好きになれなかった言い訳を『違和感』なんて言葉にすり替えた。

香乃を本気で好きになった今だから、それがわかる。

「弥生、悪かった」

相手に見えるはずもないけれど、響也は居住まいを正して深く頭を下げた。

『今頃？　響也は彼女ほど、私のことが好きじゃなかったのね。ようやく別れた理由に納得できた。周囲に持ち上げられて、私の気持ちに絆（ほだ）されて、それに応（こた）えていただけ』

弥生の言うとおりだった。

彼女の好意がまんざらでもなくて、付き合っていくうちに気持ちは変化していくだろうと安易に考えていた。

『響也の違和感が解消できたら、私にももう一度チャンスがあるかもって思っていたけど、無駄だったわね』

「ごめん」

確かに香乃に興味を持ったきっかけは『匂い』だった。

でもそれだけじゃない。

彼女と接して、深く知っていくほどに、どんどん気持ちが強くなった。

自分でも、どうしていいかわからないくらい。

冷静でなんかいられなかった。みっともなくあがいて、思ってもみない自分を発見した。

『私ね、今合コンの最中なの。すぐに響也より素敵な男性を見つけるから。今度はちゃんと、私のことを心から好きになってくれる人を見つける。……彼女にきちんと話を聞けずに、思わず元カノに電話しちゃうような不甲斐ない人じゃなくね』

的確すぎる弥生の言葉に、響也はため息をついて項垂(うなだ)れた。

そうだ。

弥生に電話するくらいなら、直接香乃に何があったか聞けばよかったのだ。

彼女の言葉に動揺し、身動きが取れずにいた。

すぐに彼女を追いかけることもできず、こうして一人部屋に帰ってやけ酒をしている。

なんて情けない男なんだろう。

あげくの果てには、傷つけた弥生にまで遠回しに発破(はっぱ)をかけられる始末だ。

でも、香乃の言動で簡単に情けなくなってしまうくらい、本気で彼女を思っている。

『響也が彼女と別れても……もう相手なんてしてあげないから』

「別れない。絶対に彼女と別れたりしない」

『……それ、私に言うセリフじゃないでしょ。じゃあ私、忙しいので』

呆れたように苦笑した弥生は、明るい声で電話を切った。

本気で好きになれなくてごめん……心の中でもう一度謝る。

「はあ……本気で好きになると、こんなにみっともなくなるものなんだな」

――じゃあ、『理想の匂い』じゃない私に、あの夜声を掛けましたか？　興味を持ちましたか？

あのとき、混乱していた響也は、その質問にはっきり答えることができなかった。

香乃と出会って、響也は自分でも知らなかった部分をたくさん見つけた。

そのどれもが自分らしくなくて、コントロールも利かなくて、うまく捌(さば)けないどころか情けないものばかりだったけれど。

そのせいで、こうして彼女を傷つけてしまったけれど――

「香乃……『匂い』が好みじゃなくても、君に声を掛けた。興味を持った。俺が好きなのは君の『匂い』じゃなく、香乃自身だ」

言葉にするとすとんと納得できる。

出会った日の彼女を思い出す。

慌てて階段を下りようとする姿を見たときから気にかかっていた。

落ちそうなところを助ければ、ふわりと彼女の『匂い』が鼻腔(びこう)をついた。

びっくりした目で見上げてきた香乃の顔を見て、かわいい、と自然にそう思った。

かわいい、この子が欲しい、ずっと見ていたって飽きない。

『香乃』という名前さえかわいくてたまらなかった。

恥じらう姿は無意識に響也を煽ってくるし、目が合うたびにそらされるから駆け引きされている気分になった。

「『匂い』がなくたって俺は君に夢中だった」

何度でも、彼女が納得するまで、はっきりと告げよう。

『匂い』だけじゃない、君自身が好きなのだと──

そして『匂い』以外の好きなところをたくさん伝えていくのだ。

どれだけ好きか、大切に思っているか、言葉でも態度でも己の全てを使って伝える。

そして同時に、彼女が不安に思っていることをちゃんと聞こう。

一方的に思いを押し付けるのではなく、彼女の気持ちを汲み取っていきたい。

そして、今度こそ間違えずに言うのだ。

君自身が好きなんだ──と。

＊＊＊

終業と同時に香乃はバタバタと帰り支度をする。

金曜日だけれど、今日はヨガには行かない。いつもより早い時間帯に響也と待ち合わせをしているからだ。

あの夜、すぐに響也から『もう一度きちんと話がしたい。連絡がほしい』とメールがきていた。

香乃は急いで謝ろうと思ったけれど、直接顔を見て謝るべきだと思い直して会う約束をした。

謝っておしまいではないのだ。

どうしてそんなことをしたのか、きちんと最初から考えを説明しなければならない。

そのためには、自分の弱い部分や醜(みにく)い考えを全て響也にさらすことになる。

勝手に思い込んで、彼を試すようなことをして、言い逃げした香乃だ。もしかしたら、とっくに呆れられているかもしれない。

それでも、自分の自信のなさが引き起こしたことなのだと、決して響也のせいではないのだと伝えなければならないのだ。

今更ながらに、あの夜は、香乃だけでなく響也も傷ついていたのだと思い至った。

だからこそ、顔を見てきちんと謝りたかった。

香乃はにわかに緊張しながら、どう話を切り出そうか考える。

胸に広がっていた黒い染みは消えたけれど、傷ついた心はまだずきずき痛む。

やっぱり恋は『痛い』。

知らなかった醜(みにく)い自分を見せつけられるし、嫌なところにも向き合わなければいけなくなる。

けれど、どんなに痛くても、相手のことが本気で好きならば、じっとしていてはいけないのだ。

弱くなってしまう自分の心と闘って、不安を乗り越えて、相手を信じる。

怖くて痛いから逃げ出すのではなく、傷ついても前へ進んでいく。

それがきっと、恋というものなのだろう。

香乃は会社を出ると、緊張を解きほぐすために大きく深呼吸した。

目の前には綺麗な夕焼けが広がっている。

日が沈む時間が早まったからこそ見られる空の色。水色とオレンジがまざり合った空は、思わず目を奪われるほど美しい。

こんな綺麗な夕焼けを見ると、自然と響也にも教えたくなる。

(響也さんと……一緒に見たいな)

隣に彼がいないことを残念に思いながら、一歩踏み出した瞬間、「香乃」と名を呼ぶ声が聞こえた。

振り返ると、スーツ姿の響也がいる。

首を傾けやわらかく微笑む響也には、どこかためらう様子が見えた。

「響也さん……どうして？　お仕事は？」

待ち合わせの時間まではまだかなりあった。

「外回りのついでに、そのまま直帰した。少しでも早く君に会いたかったから……。迷惑だったかな？」

「迷惑じゃありません！　ただびっくりして……」

響也がゆっくりと香乃に近づいてくる。そして、何かに気づいたように視線を空へ向けた。

「綺麗な夕焼けだな。こんな時間に空を見るのは久しぶりだ」

香乃も響也と同じように空を見上げた。

「ええ、本当に綺麗ですね」

そう言って、視線を下げて彼の横顔を盗み見る。

この間は気づかなかったけれど、以前よりも髪が伸びてぐっと精悍さが増しているように感じた。

ずっと一緒にいても、ふとしたことで彼の新たな魅力を発見する。会うたびに、彼の好きなところが増えていくようだ。

彼に会ったらまず最初に謝罪しようと思っていたのに、彼に見惚れているうちにタイミングを失った。

「歩こうか」

「……はい」

響也に促(うなが)されて、香乃は彼から半歩離れて歩き始めた。

古びた商店の合間に、民家や低層のアパートが並んでいる。

駅へ近づくごとに少しずつ飲食店やコンビニが増えていった。

響也の働くおしゃれなオフィス街とは違う、ごく普通の街並み。

それでも彼と一緒に歩くだけで、特別な景色に変わるのが不思議だ。

響也は駅前の小さな公園に香乃を案内した。

そこは、公園らしい遊具は何もなく、ただベンチとよくわからないオブジェが立っている。

「座ろうか」

「はい」

青色のオブジェに隠れるように設置されたベンチに並んで座った。

ベンチのそばには小さな花壇があり、コスモスの花が揺れている。しばらくその花を眺めていた香乃は、意を決して口を開いた。

「響也さん、この間はすみませんでした。あなたを試すようなことをした上に、ひどいことをたくさん言って」

一言発すると、そこからは堰を切ったように気持ちがどんどん溢れてきた。

「香乃……」

「ごめんなさい。先に聞いてもらえますか？　緊張してうまく話せないかもしれないけど、ちゃんと話したいんです」

「ああ、聞く。大丈夫。上手に話せなくてもいいから、思っていることを我慢しないで全部話して」

やっぱり響也は優しいな、と思う。

強引なところもあるけれど、いつも香乃の気持ちを汲もうとしてくれる。

響也と香乃の間には、一人分のスペースがぽっかりと空いている。その距離は、香乃が作ってしまったものだ。

この距離を埋めるために、香乃から一歩踏み出す必要がある。

「私……自分に自信がなかったんです。響也さんからのアプローチにびっくりして、どうして私なんだろうってずっとどこかで思っていました」

そう、最初はただ不思議で仕方なかった。

けれど、彼に接するうちに一緒にいるのが嬉しくなった。

どんどん、惹かれていった。

「それが……弥生さんに会ったことで不安に変わったんだと思います」

前を向いてうつむく香乃の視界に映るのは、でこぼこな地面と互いの膝だ。

弥生の名前を出したとき、響也の膝の上に置かれた手がぴくりと震えた。

「とても綺麗な人でした。彼女は……響也さんから『違和感』があると言われて別れたのだと話してくれました。その話を聞いたとき、咄嗟に思い込んでしまったんです。もしかしたら、弥生さんは、響也さんの『理想の匂い』ではなかったから『違和感』を持たれたんじゃないかって。だから二人は別れたんじゃないかって……」

ぎゅっと握られた彼の拳を見て、香乃は響也に視線を移した。

響也は苦しげに表情を歪めている。思わずと言ったように何か言いかけた彼に、香乃は首を左右に振ってそれを止めた。

「あんな綺麗な人でもダメだったなら、取り柄なんか何もない私はもっとダメかもしれないって。響也さんの『理想の匂い』でなくなったら、きっと振られてしまうんじゃないかって、急に不安になったんです。だからあんな試すようなことを……響也さんは何も悪くないのに、本当にごめんなさい」

「香乃！　違う、俺は……っ」

香乃はおもむろにベンチから立ち上がると、響也の正面に立った。

そして彼の唇に人差し指をあてる。

最後まで聞く約束ですよ、という気持ちを込めて微笑んだ。

うまく笑えているといい。

本当は心臓が壊れそうなほどドキドキしている。けれど、本当に伝えたい気持ちだからこそ笑顔で言いたい。

「私、響也さんが好きです」

それを聞いた響也の目が大きく見開かれた。

そのあと今にも泣きそうな様子で目を細める。

響也からは何度も『好き』と言われていたけれど、香乃はいつも別の言葉で誤魔化していた。

決して『好き』とは口にしなかった。いや、口にできなかったのだ。

それは響也も気づいていただろう。

響也の表情と、ようやく気持ちを伝えられた安堵から、香乃も泣きそうになる。

「これからも自信をなくして弱音を吐くかもしれません。ずるくて醜い部分もたくさん見せてしまうかもしれない。それでも私と一緒にいてくれますか？」

響也はそっと視線を伏せると、唇に触れていた香乃の手を取った。

そしてその手の甲にキスを落とす。

ゆっくりと香乃を見上げてきた強い視線は、真っ直ぐに香乃を射抜いた。

響也は香乃のもう片方の手も取って、大きな両手で包み込む。

「君に一緒にいてほしいとお願いするのは俺のほうだ」

響也はそこで一度言葉を区切ると、はあっと息を吐いた。

「俺が最初に『匂い』が好きだなんて言ったせいで、君をたくさん苦しめて不安にさせた。本当にごめん。俺こそ……君の前では冷静になれなくて、焦ってばかりいる」

香乃の両手を包む力が強まる。

「情けなくて、不甲斐ない。それでも俺は君とずっと一緒にいたい」

響也はベンチから下りると、スーツが汚れるのも構わず地面に膝をついた。

突然彼を見下ろす形になった香乃は焦る。

響也はぐいっと香乃の手を引いて自分の額を押しあてた。

何かを願うような仕草に、香乃は自分の手がどんどん熱を持っていくのを感じた。

ゆっくりと顔を上げた響也が静かに口を開く。

「香乃。たとえあの夜、君の『匂い』に気づかなかったとしても、俺は君に惹かれていたよ。君が『理想の匂い』でなくても、きっと好きになった」

香乃を真摯に見つめる彼の目には、最初に出会ったときと同じ、偽りのない強い輝きがあった。

そんな気持ちのこもった強い眼差しで、彼はあの夜、香乃を酔わせておかしくしたのだ。

目が合うたびに、翻弄(ほんろう)された。

それはきっと彼の気持ちが本気だったからだと、今ならわかる。

「『匂い』だけじゃない。香乃自身が好きなんだ」

香乃の目からキラキラと涙の滴(しずく)が散った。

太陽の位置が変わったのか、響也の頬にオレンジ色の光が当たっている。

それは眩(まぶ)しいくらいに輝いていた。

「香乃。俺とずっと一緒にいてほしい」

響也は香乃の片手を下からそっと支えると、その甲にゆっくりと唇を押しあてた。

香乃はしきりに首を縦に振ったあと、「はい」と答えた。

響也が立ち上がって、香乃をぎゅっと抱きしめる。

響也の温もりを全身で感じて、ますます涙が零(こぼ)れてきた。香乃はどうしようもない愛しさとともに、響也の背中に手を伸ばしぎゅっと抱きしめる。

髪を撫(な)でる彼の手は優しく、腰を支える腕は力強い。

顔を上げると、嬉しそうに微笑む響也と目が合い、香乃は自然と目を閉じた。唇に彼の温もりを感じる。

そっと唇が押し付けられたと思ったら、すぐに深く重なってきた。互いに競うように舌を伸ばして絡め合う。

彼とのキスは、少しだけ涙の味がしたけれど、やわらかくて温かくてそして――甘かった。


キスを交わしているうちに、涙は乾いた。

香乃が落ち着いたのを見計らって、どこか食事に行こうと言った響也を、香乃は自分の部屋に誘った。仲直りができたら部屋に来てもらうつもりで、昨夜のうちに夕食を準備していたのだ。

狭い部屋で、一緒に小さなテーブルを囲む。

おいしそうに食べてくれる響也を見て、無駄にならずに済んでほっとした。

キッチンで一緒に後片づけをしたあと、交代でお風呂に入った。

「響也さん、服のサイズ大丈夫でしたか？」

お風呂から上がってきた響也に香乃は聞いた。

パジャマ代わりになるような長袖のTシャツとズボンのセットを用意していた。彼のサイズがわからなくて心配だったけれど見た感じは大丈夫そうだ。

「ありがとう。大丈夫」

「スーツはここにかけておきますね」

そう言って、香乃は壁に取りつけたフックにハンガーをかけた。

誤解が解けた安心感と、響也が自分の部屋に居る緊張感で、香乃はなんとなくそわそわしてしまう。

響也にも香乃の緊張が伝わっているのか、どことなく落ち着かない様子で立っていた。

香乃の部屋は小さなワンルームだ。玄関に入ってすぐがキッチンスペースで、トイレと洗面所のドアが並ぶ。ベッドとテレビと、小さなテーブルを置けばいっぱいの部屋は、玄関から全て見渡せた。

「ええと、どこに座ってもらったら、いいのかな……?」

座るところは床かベッドしかなく、香乃は思わず独り言を口にした。

狭い部屋でウロウロしている香乃に、響也は小さく笑みを漏らす。

「香乃」

「あ、何か飲みものでもどうですか? 響也さんの好みのものを揃えたんです。ワインは……よくわからなかったのでないんですけど」

急いで冷蔵庫に向かいかけた香乃の手を響也が掴んだ。

「香乃……俺がいて緊張している姿はかわいいけど、少し落ち着いて」

「……あ」

「俺が座る場所はここでいいし、香乃は俺の膝の上」

響也はベッドに腰掛けると、香乃を自分の膝の上に抱き上げた。

横抱きにされて香乃は慌てて響也の首に手を回す。

「せっかくだけど、飲みものはいらない。ワインは明日うちに来たときにおいしいのを飲ませてあげる」

今夜は香乃の部屋に泊まって、土日は彼の部屋に来てほしいと言われたのを思い出し、香乃は頬を染めた。

日曜日の夜もですか？　と聞いたとき、響也はさらりと「月曜の朝は会社まで車で送る」と言ったのだ。

なぜか、それで話がまとまってしまった。

「部屋の明かりは、どうやって消すの？」

響也に聞かれて、香乃はベッド横の棚の上から照明のリモコンを手にした。調光機能つきで適度な薄暗さになるところがお気に入りだ。

けれど、すぐに明かりを落とすのはためらわれる。

明かりを消せば、まるで今からしましょうと、誘っているみたいに思えたからだ。

「香乃。明かりがついたままの部屋のほうが俺は嬉しいんだよ」

そう言って香乃のこめかみに口づけながら、パジャマのボタンを外し始める。

言われた意味を理解した瞬間、香乃は慌ててリモコンのスイッチを押して部屋を薄暗くした。

響也は体をずらすと、香乃の体をそっとベッドに横にした。彼は香乃が握りしめている照明のリモコンを取って、元の場所に戻す。

ベッドがぎしっときしむと、上衣を脱いだ響也が香乃の上に覆いかぶさってきた。

仄かに灯る照明のおかげで、彼の顔も体のラインも意外によく見える。

響也は香乃の残りのボタンを素早く外して、全ての衣服を取りはらった。

「やっと香乃を腕に抱ける……」

ぎゅっと強く抱きしめられる。

彼の言葉を聞いて、二人の間に空いた時間の長さを思い知った。

響也の肌の感触も、体の重みも心地いい。

「君の『匂い』だ……っとごめんっ!!」

響也が手をついて慌てて上体を起こした。「俺はバカか……」と呟いているのが聞こえる。

「ごめん、香乃。『匂い』だけが好きなわけじゃないって言った矢先に……」

焦る響也が愛しくて、香乃は響也の首に腕を回して引き寄せた。

ぴったりとくっついていた体が離れてしまったのが寂しかったから――

「君を前にすると俺は本当にコントロールが利かなくなる。久しぶりで今にも暴走しそうな自分を抑えるのに必死なんだ。一方的に思いをぶつけたりしたくないのに……」

久しぶりで緊張していたのは香乃も同じだ。響也の言葉を聞いて、ふっと体から力が抜けた。

香乃の部屋に入った響也は、ずっと落ち着いているように見えたから、彼が同じように緊張しているなんて思わなかった。

「いいんです……だって、響也さんが好きなのは『匂い』も含めた私自身なんでしょう？」

響也は苦笑しながら、香乃の髪に指を絡(から)める。

「ふわふわしてやわらかい髪も好きだ」

そう言って香乃の髪の先にキスをした。

「はい」

「桜色の小さな唇は、いつもキスしていたいくらいかわいい」

彼は次に香乃の唇へ優しく唇を押しあてる。

「はい」

「自信のないところも、本当は愛しく思っている」

「……は、い」

甘い声と優しい目に香乃は声を詰まらせた。

胸がきゅんとしてもどかしい。

「方向音痴で慌てんぼうなところは、見ていて守りたくなる」

香乃の手を取ると、指と指を絡ませた。

彼と手を繋ぐのは嬉しかった。いつもこの手に守られている気がしている。

「真面目で、丁寧に日常を過ごしていて、そういう部分を尊敬している」

目尻から涙が零れていく。

響也はそれに気づくと唇で吸いとった。

響也がどれだけ自分を見ていてくれたか、どう感じていたか、気持ちがストレートに伝わってきて胸が温かくなる。

「警戒している相手にも、きちんと向き合おうとする姿勢は見習いたい」

香乃は首を左右に振った。

「も……いい。響也さん……買いかぶり、すぎ」

「本当は声も好き。香乃の声を聞いていると元気になる」

「私も響也さんの声が好き。最初に聞いたとき、すごくドキドキしたの。耳元で囁かれるとくらくらする」

お返しとばかりに香乃も好きなところを挙げていく。

「大きな手も大好き。手を繋ぐと安心するの。動揺しているところを見ると、響也さんにもそんな部分があるんだってかわいく思える。ふふ……相手の好きなところを説明するのって難しい」

きっとまだ知らない部分がたくさんある。

でも『好き』なところは際限なく増えていくばかりだ。

知れば知るほど好きになる。それはなんて素敵なことなんだろう。

顔も、声も、手の形も、そして『匂い』も、大好きな人の一部。

響也が香乃の涙を指でぬぐった。そのまま、そっと頭を撫でて、ぎゅっと強く抱きしめる。

「香乃が好きだ」

「響也さんが好き」

響也の言葉のすぐあとに、香乃もはっきりと口にした。

好きの理由をいくつ並べても、最後はそこにいきつく。

理由なんか関係なく、ただシンプルに相手が『好き』なのだと。

唇の表面だけが触れるキスを幾度となく繰り返した。角度を変えて、響也からすることもあれば香乃からすることもある。

そのうちに少しずつキスは深まっていった。

　舌先だけを押しつけ合うキス。唇を舐め合い、舌先を突いていくうちにどちらともなく口内へ舌を侵入させる。いつもなら響也の舌を受け入れるのに必死だったけれど、今日は香乃が、彼の口内へ舌を伸ばした。上顎にこすりつければざらざらとした感触がし、頬の裏はねっとりとやわらかい。夢中で彼の口内を貪っていると、唾液を呑んでいるのか、彼に与えているのかわからなくなってくる。

「んんっ」

　舌を引こうとした瞬間、響也に捕まった。きゅっと強く絡められて、彼の口の中に引き込まれる。閉じられない唇の端から、唾液が溢れて顎を伝っていった。

「……ふ、はぁ」

　思う存分、香乃の唇を堪能した響也が、ようやくキスを止める。ゆっくりと離れていく唇の間を、唾液の糸が繋いだ。

　それほど激しいキスをしていたのだと思ったら、きゅんと体が疼く。

「気持ちよさそうな表情をしている」

　香乃の唇を親指でぬぐいながら、響也は舌を出して自分の唇を舐めた。その仕草には、ぞくりとするほど色香が滲んでいる。

「響也さんとのキス……甘くて、蕩けそうなの」

「香乃……俺を暴走させたいの？」

艶のある声音でそう言うと、響也は再び唇をふさぎ、香乃の口内をあますところなく探ってくる。彼の舌は、いつの間にか香乃の口の中まで敏感にした。

「あっ……ん」

キスの合間に唇が離れると喘ぎ声が漏れ、重なると唾液が送り込まれる。

香乃は自らも強請るように響也の頭の後ろに手を伸ばして、強く自分に押し付けた。

気持ちがいい。

ふんわりと体がやわらかなものに包まれて、全身の感覚が目覚めてくる。

彼の体で押しつぶされた胸は、キスの角度が変わるたびに肌にこすれてじんじんする。

直接触られてもいないのに、自分の胸の先がいやらしく尖っていくのがわかった。

響也も気づいたのだろう。わざと胸同士をこすり合わせるようにしてキスを続けた。

蕩けるようなキスに加えて、胸に与えられる刺激が、秘めた場所を濡らしていく。

「はっ……ふっ」

ようやく唇が解放されたときにはぐったりと体が弛緩していた。唾液にまみれた響也の唇は、そのまま香乃の耳元に押しあてられる。

「香乃、痕つけていい？」

「…………」

低く囁く声にドキッとして、香乃は言葉の意味が一瞬わからなかった。

「君の体に痕をつけてもかまわない？」

「あ、と？」

「キスマーク」

キスマーク——それは響也が香乃を抱いた印。

彼と離れていても、それを見たら愛されていることを実感できるだろうか。

迷ったのは少しだった。

「見えない場所なら……」

「だよな。見える場所につけたいけど、それはまた今度」

意味深な言葉を吐くと、響也は香乃の首筋を舐め上げた。思わずそんな目立つ場所につけるつもりなのかと焦ったけれど、響也の唇は鎖骨から胸の谷間へと落ちていく。

「香乃の胸、かわいく色づいている」

両手で香乃の胸の膨らみを包むと、響也はすでに硬くつんと立ち上がっている先端を舌で包んだ。

「やぁ……あんっ」

そのまま舌で激しく嬲られた。舌先で上下に揺らされたかと思えば、ちゅっときつく吸いつかれる。ピリッとした微かな痛みを優しい舌の動きで慰められた。そうして、やわらかな胸を軽く食んではねっとりと舐め上げてくる。

もう片方は親指で軽くくすぐり、指先ではさんだりする。たまにきゅっとはさんだ指に力を入れられて、香乃のそこはますます尖っていった。指と舌で同時に与えられる刺激に、香乃は声を止められない。

「ひゃっ……ああんっ……あんっ」

胸の先は過敏になるばかりで、わずかな刺激も逃さない。響也は舌できゅっと締めつけたあと、乳首の縁に強く吸いついた。

「ああっ！」

香乃は一際高い声を上げて背中をそらせる。同時に指先がもう片方の胸の先を小さく捻じって、すぐにまた声を上げた。

「暗いからうまくついたかわからないけど……胸のこの部分は香乃が感じる場所だ」

響也のセリフに香乃はかっと恥ずかしさが込み上げてきた。

彼は香乃の二の腕を掴むと、今度はその内側を舌で舐める。そしてぴくりと香乃が反応した部分をきつく吸う。

「やんっ……そんな、とこっ……」

「知っていた？　ここも香乃が感じるところ。今夜は少しだけ教えてあげるよ」

二の腕の内側なんて……そんな場所が感じるなんて信じられない。

けれど響也が口づけるたびに香乃の体ははっきりと快感に震えてしまった。彼はもう片方の腕も同じようにして、徐々に腕の内側から脇の下に舌を這わせていく。

「やっ……そんなところまで、響也さんっ……やあんっ」

響也はぐいっと片手を上げさせると、脇の下を舌先で突いた。舌でねっとりと舐められると、くすぐったさが快感に変化していく。無防備にさらされた脇の下のくぼみを散々舐めつくし、響也はこれまで以上にそこを強く吸い上げた。

「ああんっ……はんっ……んんっ」

あまりに大きな声が出て香乃は自由な手で口を覆う。

全身に快楽が走り抜けて軽く達してしまったようだ。

はあっ、はあっと呼吸が荒くなり、視界もぼやけてきた。

「軽くイったの？　かわいいな君は」

脇の下への愛撫でイくなんて、あまりにもはしたない気がする。

けれど香乃の脚の間は、下のシーツを濡らすほど潤んでいた。

淫らなキスと胸への愛撫、そして体につけられた痕だけで。

香乃は反射的に首を横に振った。

「響也さん……私、もう」

「ああ、随分感じているようだからね」

だが、それをはっきり証明する場所に、響也はいまだに触れてこない。

触れずとも彼にはわかるのだろう。

今、自分の匂いは、どれだけいやらしくなっているのだろうか。

どんな匂いで彼を誘っているのだろうか。

そう考えた瞬間、香乃の体の奥がじんと痺れた。

「ひゃぁ……」

「香乃？」

「響也さん、お願い……」

縋るように、香乃は響也の背中に手を伸ばした。響也が興奮を抑えるように短く息を吐き出す。

今はただ、一刻も早く彼と繋がりたい。

とろとろに蕩けた場所は、切ないほどに彼を求めている。

「あなたと……繋がりたいの」

「……俺も君と繋がりたい」

手早く避妊具をつけた響也は香乃の太腿の裏に手を添えると、ぐっと片脚を上げた。

香乃にわかるようにゆっくりと中に入ってくる。

彼の先端が触れただけで蜜の音がした。

彼が奥に進むたびに水音がより粘着質なものへと変化していく。

「ふあっ……はあっ」

気持ちのいい場所をこすりながら彼のものが深く入ってくる。

優しく奥に到達したとき、香乃は背中を小さくのけぞらせた。

「……っ!!」

「やあっ……またっ」

再び達して、香乃はきゅっと中の響也を締めつける。

彼の呻(うめ)き声が聞こえて、目を開けた。

唇を小さく噛んで、視線を伏せる響也の額(ひたい)には玉のような汗が浮かんでいる。じっと耐えるその姿に、香乃のそこは勝手に蠢(うごめ)いた。

「香乃！」

「だって！」

「君に触れるのは久しぶりなんだっ。そんなに締められたら、もたない」

「私……だって、同じ」

もっと強い刺激を求めて自然と腰が揺れる。

無意識に腰を押しつけたときの気持ちよさに気づくと、もうその動きを止められなくなった。

「香乃っ！　だめだ、優しくできなくなるっ」

「響也さんっ！　優しくなくていいから……」

涙目で見上げると、響也は苦しげに顔を歪めた。

彼が丁寧に優しく抱いてくれようとしているのは感じていた。

でも欲望のまま求められるのは、彼の情熱が伝わって嬉しかった。

だから――

「お願いっ！　動いて」

返事の代わりに、響也はぐっと腰を引いた。そして勢いよく香乃の中に突き入れてくる。内側で彼の動きがはっきりわかって、香乃はゾクゾクとした痺れに背中をしならせた。

最初はゆっくりだった動きが、香乃が腰を揺らすたびに、だんだん速まっていく。

体が熱い。中をこすられるのが気持ちいい。彼が動くごとに新たな快感に目覚めていく。

響也は香乃の気持ちのいいところを見逃すことなく、小刻みに動かしては浅く深く出入りする。

「はっ……やあ……あんんっ!!」

「香乃、すごくいい」

「あっ……私も、気持ちいいっ」

中を抉られるたびに、もっと彼を感じたくて、無意識にぎゅっと締めつける。

すると自身の奥もきゅんっと疼くのだ。

「……！　はっ……だめだ。もっと激しく動いていいか？」

響也の言葉に、香乃は強く頷いた。

体が貪欲に響也を欲している。

もっと気持ちよくなりたいと体の中で欲望が暴れていた。こんなにも彼のものを迎え入れたいと思ったのは初めてのことだ。

「もっと、強く……激しく、して。キスも……ちょうだい」

「香乃、愛している」

そのセリフに驚く暇もなく、香乃の唇は乱暴にふさがれた。

快楽とは別のものがふわりと全身に広がっていく。

それは香乃の体をますます敏感にしていき、快感を求めて自ら響也の舌を求めた。とろりと甘いものが口内に溢れる。互いにそれを舐めつくすように激しく舌を動かした。

キスと連動するように響也の腰が何度も激しく打ち付けられ、肌と肌がぶつかる音がする。

ぐっと強く腰を突き入れた彼の先端が、香乃の一番深い場所に到達する。

その瞬間、目の奥がチカチカしてきて、何も考えられなくなった。

ただ響也が愛しくて、もっと欲しくて、この快感を共有したくてたまらない。

（……ひとつに溶け合ってしまいたい）

快楽と愛情がまざり合うことで与えられる恍惚に、ずっと浸っていたい――

香乃は、初めてそう思った。

いやらしいことや、乱れることは恥ずかしいと思っていた。

でも互いの愛情を確かめ合ったあとのセックスは、むしろ全てをさらけ出したくなってしまう。

快感を求める淫らさもそれを喜ぶ姿も、信頼し合っている相手になら露わにできる。

彼に与えられる刺激で乱れる姿が、愛の証になり得るのなら、香乃はいくらでも乱れた姿を見せたいと思った。

「あっ……んっ……ふっ」

香乃は腰を高く上げた姿勢で、後ろから響也に指と舌で翻弄されていた。

何もかもが丸見えな上に、そこはすっかり熟して蜜を滴らせている。

興奮して卑猥さを増した秘部から溢れるものを、響也は音を立ててすすり上げた。

耳をふさぎたくなるほどいやらしい音だ。

彼はトロトロに潤った隙間に指を入れて中をかきまぜてくる。指の動きはあくまでも優しい。けれど、香乃の奥に溜まっている蜜が泡立つくらい執拗に動かされる。

断続的に与えられる刺激は、幾度となく背筋を走り抜けていき、熱い吐息となって香乃の口から漏れていった。

「はぁ……やあっ」

気持ちがいい。

優しくてゆるやかで、痺れるほどの痛みも、怖いほどの快楽もなく、ずっと甘受していたい。

香乃の内側の感触を、無邪気に味わうだけの指は、襞やざらつきを楽しみながら、さらに蜜が溢れてくるのを待っているようだった。

「香乃の中、温かい。それにすごくやわらかくなった」

「あっ……あっ……ふぅ」

「どんどん奥に溜まる。俺の指が香乃の中でふやけそうだ」

それは香乃にも音でもわかった。彼の指が動くたびに聞こえてくる水音が、どんどん粘りを増したものに変化している。

響也の指はゆっくりと中をかき回しながら、時折かするように内側をなぞったり、襞を優しく撫でたりする。

そのたびに、香乃は少しずつ焦れったさを感じていった。

体は、響也に与えられた激しい快楽を覚えている。

こすられると気持ちのいい場所。

強く引っかかれるだけで、呆気なく達してしまう場所。

けれど、彼の指からもたらされる刺激は一定で、蜜をかき出すように乱暴に抜き差しすることもなければ、弱い一点を強引に攻めたりもしない。

「ああ、また溢れそうだ」

耐え切れず蜜が溢れそうになると、響也は指を抜いてしまう。

そして口で受け止める。それからまたゆっくりと中に指を入れるのだ。

幾度となくそれを繰り返されて、いいかげん香乃の体は切なさでいっぱいだった。

「響也、さんっ」

「ん？　俺の指締めつけて、どうした？」

「やぁ……お願いっ」

香乃は響也の指を逃がさないように、きゅっと強く締めつける。そして強請るように腰を揺らした。響也が動かさないなら、自分で動くしかない。

気持ちのいい場所に彼の指が当たるように自ら動いてみたけれど、うまくいかなくて香乃は泣きたくなる。

すると彼は、気持ちいい場所を一瞬だけかすめて、一気に指を抜いた。

「ひゃっ……ああっ!!」

微かな刺激に悶える香乃の脚を、つつっと蜜が流れていく。響也はすかさず垂れた蜜を下から舐め上げた。膨らんだ花芽を裏から一緒に舐められて、香乃はそれだけでびくびくと腰を震わせた。

激しい刺激もわけがわからなくなるけれど、ゆるやかな刺激を長時間与えられるのも、意識が朦朧としてくる。

「響也さんっ……お願い、切ないのっ」

たまらず弱音を吐いた。

「ああ、大丈夫。すぐに俺のでいっぱいにしてあげる」

香乃の腰に響也の手が触れる。たったそれだけで肌が期待に震えた。

指だけでは物足りなかったところを、太くて硬いものが勢いよく貫いてくる。

「ああっ!!」

香乃の内側は、どこもかしも感じやすくなっていて、埋められただけで強い快感を得る。響也は素早く腰を引き、ゆっくりと入ってきた。指とは比べものにならない質量と動きに、香乃はただただ翻弄される。

欲しかった刺激がようやくもたらされて、香乃はあられもなく喘ぎ声を漏らし続けた。

「はんっ……あんっ、ああ……んんっ」

響也のものは切なかった香乃の隙間を確実に埋めてくる。身も心も満たされる感覚が、気持ちよくてたまらない。

「はっ……香乃、すごい搾り取られそう」

「あっ……はっ……んあっ」

「中が熱くて、俺のを包んで離さないよ」

「やぁっ……はぁん」

一突きされるごとに結合は深まって、どこまで深く繋がるのか怖くなるほどだ。

なのに体は期待に打ち震えている。

体の奥が貪欲なまでに疼いているのが自分でもわかる。

もっとここにきて、もっと気持ちよくして、もっとひどく乱して、そんな風に彼を求めている。

過敏になった場所を強くこすられて、香乃は激しく身を悶えさせた。

明らかに快楽を貪っているとわかる声音は、自分で聞いてもいやらしい。

「やぁああっ……ああっ!!」

あまりの快感に、思わず腰を引きかける。

響也の手はそれを阻み、強く香乃の腰を掴むと、激しく前後に動かした。

「ひゃあ!!　響也さんっ、だめっ……」

「ここだろう？　香乃のイイ場所。指で探ったときも一番反応していた。やっと見つけた」

「嘘っ……やだっ、こんなっ」

「くっ……締めつけがきつくなった。たまらない……気持ちがいい」

香乃の腰を揺らす動きがいっそう速まる。同時に強く奥を抉られ、強烈な刺激が襲ってきた。

「ひゃっ……ああんっ、あ、壊れちゃう」

胸が揺れてシーツとこすれ合う。響也の腰がぶつかるたびに、花芽が押しつぶされる。

「いいよ、もっと壊れて」

響也のものは中でさらに大きく膨らみ、角度を変えて深さを変えて出し入れしてきた。そうしながら、彼は確実に香乃が壊れる場所を突いてくる。

全身が快感でいっぱいになって何も考えられない。

ただわかっているのは、それを与えてくれるのが愛しい彼であるということだけ。

香乃に深い快楽をもたらすのは響也自身。

「香乃、いっぱい感じて。俺ので、君をイかせたい」

「あっ……はっ、んっ、やっ、おかしくなる。響也さんっ」

「ああ。トロトロになって、赤く腫れて……いやらしい」

「やぁ……ああんっ」

途切れ途切れだった快感の線が一本に繋がっていく。細かった線はどんどん太くなって香乃を快感で染め上げていった。

彼のものでぐちゃぐちゃになって、卑猥な場所をもっといやらしい形に変えて、あからさまに蜜を零して、甘い喜びの声を上げる。

隠すどころか、これでもかと淫らさを見せつけている。

もっと乱して――

そんな風に願ったとき、響也の先端が最奥をずんっと突いた。

閉じていた扉がこじあけられるような感覚がした。

そこはきっと自分の一番いやらしい場所。香乃は嬌声を上げて蜜をまき散らした。

「ああっ……イ……くっ。イっちゃう!!」

「香乃!!」

閃光のように迸る何かが、体の内側から放出された。

「ああっ……あ、ああ……あーっ!!」

香乃はがくがくと体を揺らし、くたりと力を抜いた。

同時に響也が放って、香乃の中でびくりびくりと自身を跳ねさせている。それに反応した中もどくりどくりと蠢いて、繋がりを確認し合っているようだ。

ふわりと背中に覆いかぶさってきた響也が香乃を強く抱きしめた。

荒い息が項にかかり、ぽつりと汗が落ちてくる。背中に感じるのは速いリズムを打つ彼の鼓動。

そして温もり。

「香乃……大丈夫か？」

「……ん」

全身が気怠く、どこにも力が入らない。なのに快感の余韻で体は小刻みに震える。

香乃のこめかみや頬にキスを落とした響也は、体を起こして香乃の中から自身を抜いた。こぽっと太腿の間を蜜が流れていく。

「香乃？」

響也が再び香乃のもとへ戻って名前を呼んだ。大好きな甘い声がやけに遠くに聞こえる。頑張って目を開けようとするけれど、うまくいかない。

響也の手が香乃の頭をそっと撫でた。

「香乃、かわいかったよ……ゆっくり休んで」

頭を撫でられながら、ゆるく抱きしめられて、香乃は限界を感じてそっと目を閉じた。

大好きな彼の温もりに包まれたまま。

何度となくふわりと頭を撫でる手がある。その手は香乃の髪を頬からよけると、耳の後ろから首へと指で辿った。くすぐったさにピクリと反応して香乃は目を開けた。

「ごめんっ……起こしたかな？　おはよう香乃」

「……おは、よ……んっ‼」

おはようございますと言うつもりだったのに、声がかすれてうまく出なかった。喉もなんとなく痛い。風邪でも引いたかと思った瞬間、香乃はがばっと飛び起きた。

昨夜の記憶が一気に脳裏に蘇ってくる。

「随分声を出していたから、少しきつそうだね。はいお水」

響也に水の入ったグラスを渡されて、香乃はそれを一気に飲み干した。

グラスを響也に返してひと息つくと、思わず膝を抱えてしまう。

セックスをしている最中は気にならないのに、起きるといろいろ思い出して恥ずかしくなるのだ。

（……すごく、気持ちよかった）

愛し愛されていることを実感したあとのセックスは、今までとは全然違っていた。

快楽だけのセックスではなく、心も体も満たされる。

「体は？　きつくない」

響也がベッドに腰掛けて聞いてきた。

はい、と答えようとして、すでに響也がしっかり服を着ているのに気づく。さすがにスーツではなく香乃が渡した部屋着だったけれど、見れば髪もなんとなく湿っている。

そして自分はといえば、昨夜乱れたままの姿、つまり裸だ。

「響也さん、シャワー浴びたんですか？」

「……ごめん」

響也が先にシャワーを浴びるのは珍しい。

目覚めたときはいつも彼の腕の中だったし、二人とも裸だった。一人置いて行かれた気分になって、香乃は少し寂しくなった。

仲直りしたばかりなのに、まだ距離が空いたままみたいだ。

「ごめん、本当にごめん……でもこれ以上香乃を壊すわけにはいかなかった」

香乃がしゅんとしているのに気づいたのだろう。響也が慌てて釈明してきた。

首をかしげると、響也はバツが悪そうに目をそらす。

そしてためらうみたいに口を開いては閉じるを繰り返した。

「……香乃が不安になるなら、あまり口にしないほうがいいと思っているんだけど」

「……え？」

何か不安になるようなことを言われるのかと咄嗟(とっさ)に身構えると「ああ、また間違えた」と響也が、がくりと項垂(うなだ)れた。

「ここは香乃の部屋だろう？　それに、結構昨夜の名残が広がっていて……俺の興奮が収まらない……」

そして小さく「君の『匂い』が……」と呟いた。

響也の言いたいことがわかって、香乃もはっとする。

香乃の『匂い』に満ちた部屋、そして昨夜の濃密な情事の『匂い』も残っている。響也ほどではないが香乃にも、なんとなくセックスしたあとの独特な気配は感じ取れる。匂いに敏感な響也は……きっともっと強く感じているのだろう。

「シャワーを浴びて落ち着かせた。服を着たのは自分への枷だ。今の君の姿も俺にはかなり目の毒なんだけどね」

香乃は急いでシーツを手繰り寄せて体を隠した。

「でも、何度も言うけど、俺が好きなのは香乃だ。それだけは疑わないでほしい」

真剣に言われて、香乃もこくんと頷く。

困り切っている彼の姿がなんとなくかわいい。

自分の『匂い』なんてやっぱりわからないけれど、響也をこれほど惹きつけることができるのなら、それは自分の魅力のひとつなのだと思えばいいのかもしれない。

「私の『匂い』、そんなに好きですか？」

「香乃が好き」

「でも、『匂い』も好き？」

「――っ、香乃が好きだ」

「じゃあ、私の『匂い』は……」

「香乃！　それは俺への誘惑だと受け取るけど？」

互いに目を合わせて、そしてふっと笑い合った。

「私の『匂い』が好きな響也さんも、大好きよ」

香乃は響也に抱きついて首の後ろに手を回した。

すると響也のほうが慌てて香乃の裸を隠す。シーツがずれないようにぎゅっと抱きしめてきた。

「俺は、『匂い』も含めた香乃の全てを愛しているよ」

彼の言うとおり『匂い』はただのきっかけにすぎない。

だって、恋に落ちるきっかけなんて、きっと人の数だけたくさん溢れている。

顔だったり、声だったり、笑顔だったり、真剣な顔だったり。

優しさだったり、弱さだったり。

何がきっかけだとしても、相手に興味を持った時点でそれは恋の始まりなのだ。

その恋を育てていくのも消してしまうのも、出会った二人次第。

響也に出会って、接して、いろんなことを知って、香乃の気持ちは育っていった。

ふと、自分のきっかけはなんだったんだろう？　と思った。
最初に聞いた声？　腰に回された腕？　真っ直ぐに見つめてきた視線？
響也の目がじっと香乃を見つめてくる。
真っ直ぐな、迷いのない視線。その目に宿る真摯な熱に酔った。
『痛い』恋を経験しても、惹かれずにはいられなかった――
互いに目を伏せると、優しく唇が触れる。
やっぱり甘いキス？　かな。
啄むようなキスをしたあと、自然と舌が絡み合う。
深まるキスを味わいながら、結局全部なんじゃない？　と香乃は一人で納得する。
そうして、響也との甘いキスに溺れていくのだった。

踏み出す一歩

パソコンのキーボードを叩く手を止めると、香乃は辞書を開いた。アルファベットのスペルを慎重に確かめて、いくつかある意味の中から文脈に合うものを選ぶ。

香乃が勤めている会社の業務内容は、クライアントから依頼された文書をデータ化することだ。

たとえばどこかの大学のアンケート調査だとか、会社の新人研修で使う資料だとか、講演会に使用するプレゼン資料だとか依頼内容は多岐にわたっている。

原本をきちんと下書きの形で渡されることもあれば、アンケートを元にグラフを作ってほしいと言われることもある。

企業の下請けのさらに下請けのようなもので、当然守秘義務厳守の仕事だ。

今、香乃が取り組んでいるのは英語の翻訳作業だった。

どこかの海外企業が公（おおやけ）に出している資料らしく、それを日本語に訳している。

実のところ、香乃は昔から英語が得意だった。

大学時代は美咲たちと一緒にいろいろな検定の試験を受けたので、就職に役立つ様々な資格を持っている。

それを今、こうして活かすことができて嬉しいし、久しぶりに英語を扱うことを楽しんでいる。

最初の依頼の際、クライアントからは正確に訳すことよりも、わかりやすい日本語にしてほしいと要望があった。そこで香乃は、日本語として違和感がないように文章を整えることを心がけた。

それをクライアントに気に入ってもらえて、以降ここの依頼は香乃が請け負うことになっている。

社外の人に仕事を認められたことは素直に嬉しかった。

「香乃ちゃん。社長がお客様にお茶出しをお願いしたいって」

智子が複雑な表情を浮かべて声を掛けてきた。

社長が対応するクライアントへのお茶出しは、これまで智子か朝美が行っていた。香乃は不思議に思いながら席を立つ。

「お客様はどちらの方ですか？　何か好みとかあるんでしょうか？」

智子ははっとして、笑みを取り繕いながら香乃にお茶とお茶菓子の種類をてきぱきと指定してくる。どうやら、長年お付き合いのあるクライアントのようだ。

智子の様子が気になりつつも、教えられたとおりにお茶を準備して廊下に出た。

この会社は社長室も給湯室も区別なくひとつのスペースに収まっているが、応接室だけはきちんと別にある。

お茶を片手にドアをノックすると「どうぞ」と声が聞こえて、香乃は応接室に入った。

「失礼します」

「ああ、香乃ちゃんありがとう」

社長がにこやかに香乃の名前を呼ぶ。テーブルをはさんだ向かいのソファーには年配の男性が一人座っていた。

香乃の父親と同じぐらいの年齢だろうか。恰幅のいい男性で、役職についているような貫録があった。けれど、こちらを見てにこやかに細められた目はとても優しそうだ。

香乃は少し緊張しながら、お茶とお茶菓子をテーブルに置いた。

「香乃ちゃん……ちょっといいかな。こっちに座って」

頭を下げて部屋を出ようとしたら、社長にそう声を掛けられる。香乃は戸惑いつつも、お盆を膝の上にのせて、社長の隣の椅子に座った。

応接室のソファーは古めかしい見た目とは違って、やわらかく体を包み込み座り心地がいい。このソファーに座るのは、この会社の面接を受けて以来だなと、そんなことを思い出した。

「彼女は新藤香乃さん。香乃ちゃん、こちらは――」

企業名と男性の名前を紹介されると、彼は香乃に名刺を差し出してきた。両手で受け取って、改めて社名と名前を確かめる。

それを見て香乃ははっと大きく目を見開いた。

「今、君が翻訳している英文のクライアントだよ」

「は、初めまして、新藤香乃です」

香乃は居住まいを正して、深く頭を下げた。

この男性が、香乃の翻訳を気に入り、仕事を任せてくれた人なのだ。だから社長は紹介してくれたのだろう。

「君の翻訳は評判がいいよ。実はうちの部署にも翻訳を担当する者がいるんだが、なにぶん資料の量が多くてね。手が回らずあちこちに翻訳をお願いしたんだ。その中で、君が翻訳したものが一番わかりやすかった。おかげで取引先との交渉もうまくいったよ。ありがとう」

「いいえ、お役に立てたのなら良かったです。こちらこそご依頼いただいてありがとうございます」

胸の中でじわじわと喜びが広がっていく。

自分の手掛けた仕事を認めてもらっただけでも嬉しいのに、こうして面と向かってお礼を言われる機会などなかなかないことだ。

「これからも君に翻訳をお願いしても構わないかな？」

香乃は思わず社長を見てしまう。社長はもちろんと言うように笑みを浮かべて頷いてくれた。

「はい。こちらこそよろしくお願いいたします」

香乃は笑顔で言うと、感謝の気持ちを込めて再び深く頭を下げた。

「じゃあ香乃ちゃん、ここはもういいよ」と社長に言われて、香乃は静かに立ち上がる。

「それでは失礼いたします」

そうドアの前で挨拶をして応接室を出た。

お盆をぎゅっと胸に抱きしめてドアの前で立ち尽くす。自分の仕事が評価された嬉しさに、香乃は頑張ってきて良かったと思った。少しずつ、少しずつ自信を取り戻している、そんな気がした。


自分の机に戻ると、朝美が「お茶出し大丈夫だった？」と声を掛けてきた。

なぜか朝美まで、お茶を出しに行った香乃を心配していたらしい。

「はい。大丈夫でした」

「そう、よかったわ。それにしても香乃ちゃん、なんだか嬉しそうね」

「お客様は、今私が担当している仕事のクライアントの方でした。翻訳がわかりやすかったから、これからも仕事をお願いしたいと言われたんです」

「すごいじゃない、香乃ちゃん。香乃ちゃんいつも以上に丁寧に仕事に取り組んでいたものね」

朝美はそう言って、香乃の机の上を見る。そこには翻訳に関する参考書や書籍が積み上がっていた。

「香乃ちゃん、他に社長から何か言われなかった？」

智子が硬い表情で香乃に問う。こんな智子は珍しい。こんなとき、いつもなら必ず朝美と一緒に喜んでくれるのに。今はどことなく不安そうに見えた。

「いえ、他には何も。智子さん、何かあったんですか？」

朝美も彼女の様子に気づいて「智子？」と名前を呼ぶ。

「なんでもないの。香乃ちゃん、よかったわね」

智子は慌てて首を左右に振って笑みを浮かべた。

智子の様子が気になりつつも、香乃は自分の仕事に戻った。

微力でも何か役に立てることがあるのが嬉しい。今まで以上に一生懸命頑張ろうという気持ちになる。

翻訳がキリのいいところまで終わり、集中が途切れた瞬間、聞き慣れた音楽が流れてきた。

（……体がすっかり終業のリズムを覚えたみたい）

いつしか終業時刻ぴったりに仕事を終えられるようになった自分が、ちょっとおかしくて香乃は一人こっそり笑った。

音楽が鳴り終わったときだった――

「香乃ちゃん……少しだけ時間をもらえるかな？」

ドアから顔を覗（のぞ）かせた社長が、香乃を呼んだ。

香乃は再び応接室のソファーに腰を下ろしていた。

今度は香乃の向かいに社長が座っている。

香乃が社長に呼ばれたのを見て、朝美がお客様へのお茶を片づけてくれた。そして、香乃と社長の前に煎（い）れたてのお茶が置かれる。

温かい湯気（ゆげ）とともに、さわやかな香りを運んでくる。

しかし今の香乃は、目の前に座る社長の様子が気になって、お茶どころではなかった。どうにもそわそわして落ち着かない。

社長はどこか考え込んでいるようで、もしかしてさっき、何かミスでもしてしまっただろうかと不安になる。

すぐに社長はふっと肩を落とし、やわらかく微笑んで話を切り出した。

「香乃ちゃんがうちにきて、一年半を過ぎたかな」

「はい」

社長の笑みを見て香乃はほんの少し気をゆるめた。

「前職に比べるとうちの給料はあまり多くないよね？　そんな中、真面目に働いてもらえて本当に助かっている」

確かに以前勤めていた会社より、かなり給料は下がった。しかし、残業がほとんどないことを考えたら十分な金額だと思っている。

プライベートの時間は確保できるし、最近は翻訳の仕事にやりがいも感じている。

何より人間関係に恵まれているのがありがたかった。

「だが、君はまだ若い。チャンスがあるなら、もっと自分の能力を活かすことを考えてもいいんじゃないかと思うんだ」

「え？」

思ってもみないことを言われて、香乃は一気に緊張した。

社長は香乃の様子をうかがいながら、穏やかな口調で話を続ける。

「先ほどの翻訳を依頼してきた会社から、ぜひ君を雇用したいと打診があった。君の翻訳の能力を高く評価しての話のようだよ」

社長はおもむろにテーブルの上に会社のパンフレットと書類を載せた。

パンフレットには先ほどの会社の名前が書かれている。さらによく見れば書類は雇用契約についてのものだった。

香乃はただただ驚いて茫然と社長を見つめる。

さっき、あちらの担当者からこれからも翻訳をお願いしたいと言われた。それはここで継続的に仕事をしてほしいという意味だと思っていた。

それがまさか、自分を雇いたい……？

突然の申し出に対する驚きと戸惑いで、香乃は頭が真っ白になった。

「あ、あの、あまりにお話が突然で……」

「そうだね。私としては君にはここで働き続けてもらいたい気持ちが少なからずある。だが、これは香乃ちゃんにとってはチャンスだ。前向きに検討してみてはどうかね？」

社長はそれから、長年付き合いのある会社だから信頼ができる、パンフレットや契約書にしっかり目を通して、今後のことを考えてほしいと言った。

にこやかに説明してくれる社長を見ていると、藁にも縋る思いで面接に来た日のことが蘇ってくる。あのときも、不安でいっぱいの香乃に、社長はこの会社のことや業務内容、待遇などを丁寧に教えてくれた。

香乃を受け入れてくれた社長が、今度は新たに飛躍する機会を与えてくれようとしている。

転職なんて考えたことがなかった。

日々の仕事と生活で精一杯で、この先どうするかなんて考えてもいなかった。

けれどこれだけはわかる。

少し前の自分なら……大きな変化を怖がって即座に断っていただろう。もっと頑張るのでこのままここで働きたいと泣きついていたかもしれない。

でも今は違う。

突然の話で、驚いているし、戸惑ってもいる。突然目の前に開かれた未来に不安でいっぱいだ。

けれど、テーブルの上に置かれた資料に手を伸ばすことができる。前向きに検討してみようと考えることができる。

「社長、ありがとうございます。突然のお話で正直戸惑っています。でも私……これから先どうするか、よく考えてみようと思います」

香乃のために社長が揃えてくれた資料を大切に胸に抱えた。

「ああ、香乃ちゃんの将来だ。じっくり考えるといい」

社長は眉尻を下げて、慈しむように香乃を見る。

香乃は立ち上がると「ありがとうございました」と頭を下げて応接室を出た。

廊下に出ると、帰り支度を終えた智子が壁にもたれて立っていた。彼女は、出てきた香乃と、胸に抱えた資料にそれぞれ目を向ける。

「智子さん……」

いつも終業とともに会社を後にする智子が残っているのは珍しい。何よりいつも笑顔の彼女が困惑の表情を浮かべている。

「社長の話って、もしかして転職についてだった？」

「……ご存じだったんですか？」

お茶出しの前後、智子の様子がおかしかったのはこれのせいだったのかと思った。

智子は壁から体を起こして香乃に近づく。

「最近、社長から香乃ちゃんの履歴書を見せるように言われたの。そっか……もしかしたらとは思っていたけど、やっぱりそうだったんだ。はぁ……そっか」

智子は幾度となくため息をついて、そして仕方なさそうに笑った。

「ふふ。喜ばしいことだよね！　香乃ちゃん、真面目だしきちんとしているし、仕事もできるし。ずっとここで働いているのはもったいないと思っていたのよね。でも、つい香乃ちゃんがここからいなくなったら寂しいなあって思っちゃったの」

「智子さん」

香乃はきゅっと胸が締めつけられる気がした。誰かに必要とされるのは、とても嬉しい。それに智子たちは、香乃を娘のようにかわいがってくれている。

「私……転職なんて考えたことなくて、突然のことでびっくりして、本当はちょっと怖くて、でも」

思いついた言葉を並べながら、香乃はだんだん泣きたくなってくる。

そう、どんなに言い繕(つくろ)っても『でも』と思ってしまう。

だって嬉しかったのだ。自分が真面目に取り組んだ仕事を評価してもらえたことが。

その上、雇いたいとまで言ってくれている。こんなにありがたいことはない。

「うん。さっきお茶出しから戻ってきたときの香乃ちゃん、ものすごく嬉しそうだった。今だって大事そうに資料を抱えている。だから寂しいけど、私は香乃ちゃんの選択を応援する。でも、悩んだときは私や朝美がいるって思い出してね。遠慮せずに相談してね」

香乃はきゅっと唇を噛むとこくんと唾液を呑みこんだ。

泣きそうなのを我慢してすっと息を吸い込む。

「智子さん、ありがとうございます」

真っ直ぐに智子を見て、はっきりと伝えた。

そして帰り支度を済ませ、待っていてくれた智子と一緒に駅までの道を歩く。

たわいないことをしゃべりながら帰る道は楽しくて、少しだけ寂しい気持ちになった。

それと同時に、香乃は改めてこの会社に採用されて良かったと、智子たちと出会えて良かったと心から感謝したくなった。

家に戻ってから、香乃は渡されたパンフレットや契約書だけでなく、会社のホームページや評判など、様々なことをチェックした。

オフィスは数年前に新しく建設された高層ビルの中にある。

どうやら、響也の会社とも近そうだ。

大手企業の関連会社のようで、香乃が以前勤めていた大手の会社とさほど規模が変わらなかった。

だが待遇や給料は格段にアップしている。

香乃の能力や資格に応じたものらしいが、ありがたいというよりも、あまりに待遇が良すぎて戸惑ってしまう。

自分の将来だから自分で決めるべきなのはわかっている。

けれど迷った末に香乃は『週末、相談したいことがあります』と響也にメールした。

金曜日の夜、いつものように仕事帰りに待ち合わせをして、響也のお薦めのお店で夕食を取った。香乃はそこで、今回の転職の話を打ち明ける。

響也は驚きながらも、じっくりと話を聞いてくれた。

そして二人は、そのまま一緒に響也の部屋へ帰ってきた。

香乃がお風呂から上がると、響也はソファーに座ってパソコンで調べものをしているようだった。

いつもなら、お風呂から上がったら、響也お薦めのワインを二人で楽しみながら、おしゃべりをしたりテレビを見たりして過ごす。

けれど今夜はワインも飲まずに、彼は香乃の転職先についていろいろ調べてくれていた。自分のことのように真剣に考えてくれる姿が嬉しくて、ソファーごしに響也の背中に抱きつく。

「香乃？」

「私の転職先について調べてくれているんでしょう？　一緒に考えてくれてありがとうございます」

「当たり前だ。香乃の大事な将来だ。俺の最優先事項はいつだって君なんだから」

そう言うと「こっちにおいで」と自分の横に来るよう促した。

香乃は頷いて、響也の隣に座る。

「転職先としてはいいと思う。むしろ中途採用してくれる会社だとは思わなかった。香乃が了承すれば向こうは受け入れるんだろう？　それだけ君の仕事が評価されているということだ」

パソコンの画面を香乃に見せながら、響也は自分の見解を述べた。

香乃は、パソコンからテーブルの上に散らばった資料へと順に視線を向け、最後に響也を見た。

転職話をもらってから、ずっと考えていた。

以前と同じ規模の会社で働くとなれば、当然残業はあるだろうし、再び人間関係のトラブルに遭遇するかもしれない。仕事だって、あちらの期待に応(こた)えられるかどうかわからない。

そんな未来を想像すると不安に押しつぶされそうになる。

でも——

そう、香乃は何度となく自分の中でこのセリフを言ってきた。

マイナス面をいろいろ並べて、弱気なことを考えて、たくさん迷っても。

最後には『でも』と思うのだ。

でも、やりがいのある仕事をしてみたい。新しい人間関係を築きたい。自分に自信の持てる生き方をしたい。

新たな一歩を踏み出したい。

香乃はじっと響也を見た。

響也は優しい目でいつも香乃を見てくれる。

彼がいてくれるから、見守って、支えてくれているから。

少しずつだけれど、前を見て進んでいくことができるようになってきたのだ。

「香乃の中では、もう答えが出ているんだろう？」

「……はい」

響也にそう言われて、香乃は話の仕方を間違えていたことに気づいた。

相談ではなく、自分の決断したことを聞いてほしかったのだ。

「転職の話を、お受けしようと思います」

響也は目を細めて眩(まぶ)しそうに香乃を見た。

そして、ゆるやかな癖のある香乃の髪に手を伸ばし、そっと指先で弄(もてあそ)ぶ。

「ああ。君が自分で出した答えだ。俺も応援する」

香乃は響也にぎゅっと抱きついた。

きっと彼と出会っていなかったら、香乃は断るための理由ばかり考えていただろう。

こうして新しい世界に飛び込む勇気なんて持てなかったはずだ。

でも今は、どんなに不安が大きくても、未来が見えなくて怖くても、手探りしてでも前に歩いて行きたいのだ。

どんなに小さくても、それは自分が輝くための大切な一歩。

自信を持つための一歩だった。

これからも響也の隣を歩くなら、輝いている自分でいたいから。

「響也さん、ありがとう」

香乃は顔を上げて響也にキスをした。

＊　＊　＊

これから咲き誇ろうとする花。

それが香乃だ。

控え目で遠慮がちで、警戒心が強く、臆病そうに見えた彼女が、少しずつ変化していった。

最初は見た目から。

明るい色の服に挑戦したり、小物遣いを工夫したりするようになった。服に合わせてメークを変えて、髪も下ろしていることが増えた。純朴だった雰囲気が次第に垢抜(あかぬ)けてきたのだ。

また、仕事にも力を入れ始めた。元々真面目に取り組んでいたようだったけれど、スキルアップのために勉強し始めた。仕事や資格に関係する書籍を購入し、それらの一部は響也の部屋にも置かれている。

そして今回の転職の話だ。

頑張っている香乃はかわいい。

どんどん輝きを増して、綺麗になっていく彼女は眩しいほどだ。

固く閉じていた花の蕾は、これまで、目立たずひっそりと存在していた。

けれど今、ゆっくりと一枚一枚花びらを開こうとしている。

可憐で美しい姿を、披露しようとしている。

響也は、彼女がどんな美しい花を咲かせるのか、わくわくした気持ちで見守っていた。

咲いていく過程も、咲き誇った美しい姿も一番近くで見てみたいと思う。

けれど同時に、そばでずっと見守ってきた花を、誰の目にも留まらないように隠してしまいたい。

美しい姿を誰にも見せたくないし、ましてや他の誰かに摘まれたくない。

そんな身勝手な思いもあった。

しかし、理不尽に覆い隠してしまえば、きっと花は咲ききる前に枯れてしまうだろう。

だから、せめてこうして彼女を腕の中に抱きしめる。

抱いているときだけは、自分だけの匂い立つ花だと思えるから。

自分のためだけに、咲き乱れる花――

「あっ……んっ」

激しいキスを交わすだけで、香乃はとろんと蕩(とろ)けた顔をする。

どうやら彼女は自分とのキスが甘く感じるらしく、恥ずかしがりながらも気持ちいいと口にした。それを証明するように、キスだけで香乃の『匂い』が変化するようになった。

響也を誘う濃い『匂い』をさせるようになる。

響也はベッドの上で体を起こすとあぐらをかいた。惚(ほう)けている香乃の背中を起こし、自分の上に抱き上げる。突然体勢が変わって不安定になった香乃は、咄嗟(とっさ)に響也の首の後ろに手を回した。そのまま彼女を強く抱き寄せて、再び唇をふさぎ舌を絡(から)める。

両脚を左右に広げている香乃の秘所は、とっくにぬかるんでいる。指を入れると、すぐに蜜が零(こぼ)れて、ふわりと匂いが広がった。

（……やっぱり、すごく興奮する）

唇を離すと、呑み込めなかった唾液が香乃の顎(あご)を濡らした。響也はそのあとを追うようにして首筋に口づけ、思いきり『匂い』を吸い込んだ。

響也が指を動かすたびに、蜜はとろりと絡(から)みつく。指一本でさえ逃(のが)さないと、きゅうっと締めつけてくる。

そしてさらにゆらりと『匂い』が広がっていくのだ。

「ふっ、んっ」

（俺だけの……花だ）

響也は香乃の中を指で丹念に探った。

軽く優しく刺激を与えていくほうが、激しくするよりも体は目覚めやすい。何より快楽が持続する。過敏な一部を攻めるのもいいけれど、全身で感じさせるのもいい。

「あっ……ああっ、んっ」

香乃が震えると、触れ合った肌がこすれ合う。やわらかな胸が押しつけられ、硬く尖った先端を感じ、響也もたまらない気持ちになる。

「香乃の中すごく熱い……ほら、音がいやらしくなってきた」

首筋や鎖骨にキスを落としながら、もう一本中の指を増やす。粘着質な音をわざと立てて、響也は親指をそっと彼女の花芽に押しあてた。

「ひゃっ……やっ、そこ……だめっ」

中に入れた二本の指と、親指とで優しく香乃のそこをはさむ。花芽は痛くないように優しく、中は少しだけ力を入れて。

内と外から同時に刺激を与えられた香乃は、背中をしならせて嬌声を上げた。彼女の胸がいやらしく揺れて、響也は誘われるように乳首に口づける。

「やあっ、一緒は、だめ……ああんっ、あんっ」

甘ったるい高い声。

赤く色づいた胸の先。

花芽はさらに膨らんで、蜜は響也の脚を濡らしていく。

花の匂いに惹きつけられて、蜜を求める虫の気持ちがよくわかる。

「香乃……イって」

(俺の腕の中で綺麗に咲いて)

「んんっ……響也、さんっ……ひゃあっ」

響也はぐっと奥まで指を伸ばして、香乃が自分だけに見せる、花開く瞬間をその日に焼きつけた。

＊　＊　＊

『夕焼け小焼け』の音楽が流れる少し前から、みんなが作業を終え始める。香乃も帰り支度を整えて、この会社での最後の業務を終えた。

社長を通じて、転職先へ了承の意を伝えると、退職日は一月後に決まった。それからの毎日はあっという間で、今日が香乃の最終出勤日だ。

ここを辞めると決めてから、辞める日は寂しくて仕方がないだろうと思っていた。しかしこうして実際に迎えると、寂しさの中に新しい世界への期待がまざっている。

「香乃ちゃん、新しいところでも香乃ちゃんらしく頑張ってね」

微笑んで花束を渡してくれたのは朝美だった。智子はさっきから鼻をすすりながら、ハンカチで涙を何度もぬぐっていた。

「香乃ちゃん……たまにはここにも遊びに来てね」

いつも元気な智子に涙声で言われると、香乃も胸が詰まってくる。

二人には、姉や母のようにいつもかわいがってもらった。

他の人たちも優しく見守ってくれた。

社長は香乃を雇ってくれて、今度は新しい場所への橋渡しをしてくれた。

彼らに助けられ、支えられてきたから、傷ついた心を癒すことができた。

こうして一歩前に踏み出すための力を蓄えることができた。

「本当にいろいろとお世話になりました。ありがとうございました」

たくさんの感謝の気持ちが溢れているのに、泣かずに言えたのはその一言だけだった。

香乃は言葉を詰まらせながら、せめてもの代わりに精一杯の笑みを浮かべる。

終業を知らせる音色が優しく流れていた。

泣くのを必死に我慢して会社を出ると、いるはずのない人物がそこにいた。その瞬間、香乃は自分の決意が揺らぎそうになった。

「……！　なんでっ、響也さん……仕事は!?」

響也は優しく微笑み、香乃に向かって両腕を広げる。

「時間休取って早退」

こんなことで貴重な休みを取ることなんかないのに！　そう思いながらも、香乃は素直に響也の腕に飛び込んだ。彼はふんわりと抱きしめてくれる。

「それに、今日は君の大事な旅立ちの日だ」

響也の言葉に、香乃は零れてしまった涙をぐいっとぬぐった。

会社の人たちのおかげで前に進む力を蓄えることができた。

でも、一歩踏み出すための勇気をくれたのは目の前の響也だ。

彼がそばにいてくれるから、怖くても新しい世界に飛び込んでいける。

今日は、寂しい別れの日ではなく、大事な旅立ちの日。

「はい！」

香乃は響也と手を繋ぐ。

二人は笑って、一緒に足を踏み出した。

新しい世界へ、踏み出す一歩を。

書き下ろし番外編

二人で一緒に

香乃からメッセージが響也に届いたのは、終業直後。

そこには『トラブルがあって、三十分ほど遅れそうです。すみません』とあった。

香乃との待ち合わせは十八時半。互いの会社の中間にあるカフェの予定だった。

彼女が転職してから、待ち合わせ場所は駅構内の本屋からカフェに変わり、互いに会社から歩いて行ける距離になった。

響也は少し考え込んだ後『了解。三十分後に会社まで迎えに行く』と返信をした。そしてすぐに、予約していたレストランにも三十分ほど遅れることを伝える。香乃の会社からタクシーで向かえば充分間に合うだろう。

転職したことで彼女の日常は変化した。

通勤に使う電車の路線が変わった。火曜と金曜に通っていたヨガ教室へは、ノー残業デーである水曜に通うようになった。今のところ休日出勤はないけれど残業する日が増えている。週末にまとめて家事をやることが多くなり、響也が彼女を拘束できる時間は以前より減っている。

最初に転職の相談を受けたとき、響也は少し複雑な感情を抱いた。

彼女の能力が認められたことは喜ばしいし、転職先も申し分ない会社だ。何より遠慮がちで自信を失っていた香乃が、新しい世界へ飛び込むことを自ら決断した。新たな一歩を踏み出そうとしているのであれば、恋人としては応援してあげたいと思った。

しかしそれとは裏腹に、そんな彼女の腕を掴んで、閉じ込めてしまいたい欲を抱えている。

きっと初めて出会ったあの瞬間から――

ワイン会の会場となったレストランへ下りる階段で、足を踏み外しかけた彼女を背後から支えた。ふわりと鼻腔(びこう)をついた仄(ほの)かな香りに、響也は反射的に力を込めて抱き寄せた。

行き掛かり上関わっただけの、初対面の顔も知らない女性にそんな行為をした自分に驚いて、つい力んだだけだろうと思い込んでいたけれど。

響也にとって香乃は、腕の中に囲って離したくない唯一の女性なのだろう。

だから転職の話を聞かされたとき、『俺のところへ来れば？』と何度となく言いかけた。転職するなら『俺のところへ永久就職すればいい』、そんな言葉が口をついて出そうだった。

香乃の住んでいるところは二階建ての小さなアパートで、オートロックがなくセキュリティ面が甘い。駅からの道も最初は明るくても、アパート周辺は住宅街のためか一本路地を入るだけで薄暗い。

心配を理由にまずは同棲に持ち込んで、その先の願望を実現するための布石にするつもりだったのに。

結局、転職したばかりの彼女は精神的にも肉体的にも疲れていて余裕がないように見えて、響也は結婚どころか同棲さえも言い出せないまま、日々を過ごすことになった。

けれど——

（今夜、今夜こそ切り出す！）

改めて決意すると、気を取り直して響也は少しだけ残業をした。帰り支度を終えて会社を出る直前に、コートのポケットに入れたものを確認する。

心の内で「よし」と気合を入れると、香乃の会社へと向かった。

鞄の把手(とって)をぎゅっと握りしめながら響也は足早に歩いた。

クリスマスイブを逃し、バレンタインデーもタイミングをはずした。お互いの誕生日はまだ先だ。

それでもこれ以上先延ばしにはできない。

だから、イベント色が薄くても平日でもホワイトデーの今日を勝負の日に選んだ。今夜のように残業が増えれば、やはり帰りが心配だし、会う時間はますます減っていくだろう。

それに何より、悪い虫がつきそうな気がするのだ。

転職先がそこそこ大きな規模の会社で、私服で仕事をするせいか、周囲の影響や本人の努力の甲斐もあって、香乃はどんどん垢抜(あかぬ)けてきた。

元々おとなしめだけれど清潔感のある雰囲気だった。真面目で家庭的で、実際料理も得意だし家事も苦もなくやっている。

小さくて目立たない可憐な花が、美しく色づき、凛とした姿で咲き誇り始めたのだ。惹(ひ)かれてふらふら近寄る虫がいつ現れてもおかしくない。

だから今夜こそ絶対に、彼女にプロポーズする。

おしゃれなレストランも予約した。指輪はもちろん、ホワイトデーのお返しとしてかわいらしいブーケとおそろいのキーリングも用意した。

付き合って一年経っていないことや、転職して数ヶ月であることなど不利な要素はあるものの、響也はできるだけ早く恋人以上の立場を確保したかった。

待ち合わせ予定だったカフェの横を通り過ぎると、コーヒーのいい香りが漂ってきた。香りにつられて店内に視線を向けると、待ち合わせのときに香乃がよく座るテーブルには、別のカップルが仲良く談笑している。

仲が良くて幸せそうな二人の様子に、自分たちも外からはこんな風に見えたのだろうかとふと思った。

恥ずかしそうにほほ笑む香乃の姿を思い浮かべると、いつからか『幸せにしたい』と思うようになった。二人で一緒に『幸せになりたい』と願うようになった。

結婚を考えるのは響也にとってごく自然なことだった。

香乃が勤める会社のビルに近づくと、響也は『今、着いた』とメッセージを送った。さすがに正面玄関で堂々と待つわけにはいかないだろうと、玄関が見える歩道で立ち止まった。早足で歩いたせいか、この後の勝負に緊張しているせいか、乱れた呼吸を落ち着かせる。

不意に自動ドアが開いて、飛びだしてくる香乃の姿が目に入った。響也を探すように周囲を見回す彼女の名前を呼ぼうとした瞬間だった。

「新藤さん！」

と大きな声で名前を呼ぶ男の声に、香乃はびくっとして振り返る。彼女の後を追いかけてきたような風情で出てきた男を見て、響也は進みかけた足を止めた。

仕事の話でもするのかと様子を見ていれば、男は眩しそうに目を細めた後、ふわりとやわらかい笑みを浮かべる。

顔立ちの整った、見るからに仕事のできそうなその男は、少し焦りを滲ませた表情で香乃に話しかけている。

その様子に響也は仕事の話ではないと判断して、二人に近づいていった。

「食事でもどうか」「お礼がしたい」というセリフが聞こえてきて、ああ、やっぱり悪い虫が近づいてきたか、と予想が的中したことを知る。

香乃はこういう誘いをかわすのが苦手なようで、戸惑いが見て取れた。

（ほら、そんな風に怯えていたら悪い男につけこまれる）

「あの！　私、これから予定があって」

「香乃。こういう場合ははっきりと恋人とデートだって言った方がいい」

香乃を背中に庇うようにして、響也は男との間に割り込んだ。突然現れた第三者の存在に、男は驚いたように大きく目を瞠る。

「彼女は今から俺とデートです。それから、彼女を個人的に食事に誘うのは遠慮してもらえますか？」

響也は臆することなく堂々と相手の男を威嚇した。

香乃の手が響也のスーツの裾を掴むのが視界の端に映る。

男は「あ、の……え、と」と口をパクパクさせながら、響也を見て、そして香乃へと視線を移して、はあっとため息をついた。

どうやらありがたいことに、この男は察しもあきらめもいいようだ。けれどこういう男に目をつけられた時点で——他にも彼女を狙う男はいそうだと危機感を募らせる。

男は「わかりました。新藤さん、ごめんね。今日はありがとう」と言うと、肩を落として去って行った。

「響也さん、ありがとう。待たせてごめんね」

あからさまにほっとして表情を緩めた香乃のかわいらしさに、響也はわずかに緊張を解いた。信頼しきった眼差しに、縋るようにスーツの裾を掴む細い指。

他の女がすればあざといそんな仕草を無意識にする彼女に、響也は悶えたくなる。

(かわいい。ものすごくかわいい!)

「……かわいいから許す。でもこっちにおいで、香乃」

響也は香乃の手を引くと、ビルの横に回った。街灯と街灯の間の薄暗い場所に滑り込むとビルの壁を背にして香乃を立たせる。

ふんわりしたくせのある髪は、今日はハーフアップにされている。

襟元と裾に白いパイピングが入った濃紺のワンピースにノーカラーのベージュのジャケットは上品で、胸元のパールのネックレスは香乃の鎖骨のラインを際立たせる。『少しきちんとした格好で』というリクエスト通りの香乃の姿に響也は少し見惚れた。

(あの男が目に留めるのも頷けるけど……)

「香乃、ああいうときは恋人がいるってまず言って」

「……はい」

恥ずかしそうに、けれど嬉しそうにしながら「そっか、そう言えばいいんだ」と呟(つぶや)く彼女はやっぱりかわいくてたまらない。

「いつかこうなると思った。だから本当は……」

もっと早くに、彼女が自分のものだという証を渡しておくべきだった。

あんな輩(やから)が二度と彼女に近づかないように、誰にも奪われずに済むように。

「響也さん？」

無言のままの響也に香乃が不安を滲(にじ)ませて、見つめてくる。

響也はコートのポケットを探ると濃紺のケースを取り出した。やや乱暴にケースをあけて指輪を手にすると、香乃の左手の薬指にはめた。

サイズはきちんと確かめた。女性らしいほっそりとした指に、指輪はするりとはまっていった。

「絶対にはずさないで欲しい」

香乃はきっと、聞かれれば答えるだろうけれど、自ら恋人がいるなんて公言しないはずだ。この指輪さえあれば、聞かれずとも恋人がいることは明白になる。

「いつ渡そうかずっと考えていた。今夜レストランで食事をして、それからプロポーズする予定だったのに！」

もっと上手にスマートに、彼女の記憶に残る感動的なプロポーズを演出するつもりでいろいろ考えていた。けれどあんな場面を見て我慢できずに、こんな場所でムードもへったくれもなく指輪をはめた自分に情けなさを覚える。響也は香乃から目をそらして髪をかきむしった。

「……君の前だと、俺はいつも冷静になれない」

初対面のワイン会のテーブルで不躾な視線を送り、友人たちの前で連絡先を聞いた。反応が鈍いにもかかわらずメッセージを送り、なんとか繋がりを持とうと必死になった。なかなか会ってもらえなくて、結局彼女の通うヨガ教室近辺をうろついて、ストーカーまがいの行為までした。

あげくの果てに『君の匂いが理想だ』などと変態丸出しの告白。

彼女が相手だと、いつもうまく取り繕うことができない。

ただ、ただ胸の内に溢れてくる感情を、あますことなく彼女に伝えたいだけ。

響也は小さく唇を噛んで、意を決して香乃をじっと見つめた。

「指輪ははずさないで。会社では婚約者がいますって、もうすぐ結婚予定ですって言って」

恋人なんかじゃ足りなくて、結婚だって確かなものではないかもしれないけれど、それしか方法がないのも事実。

「……響也さん」

響也は手を伸ばして香乃の頬を包んだ。そこに彼女の左手がそっと重なる。涙目になりながら、縋るように彼女は響也を見上げる。

「香乃、俺と結婚しよう」

香乃は花がほころぶようにほほ笑むと、

「はい」

と、迷いなくはっきりと答えてくれた。

響也はここが彼女の会社のそばであることも、路上であることも忘れてキスをする。なにもかもが予定外だけれど、結果が良ければいい。

そう開き直ることにする。

「ありがとう、香乃」

みっともなく声が震えたけれど、香乃はぎゅっと響也に抱き着いてきた。響也もまた背中に腕をまわして強く抱きしめる。

いつもと変わらない彼女自身の匂いに包まれて、響也は自分にとっての『幸せ』を手にできた気がした。

二人で一緒に――幸せに。

前CEOを慕っていた専属秘書の凜(りん)。しかし彼は病に倒れ、新しく氷野須王(ひのすおう)がCEOに就任する。須王は美形ながら無表情、かつ仕事に厳しく、気さくな前CEOとは全く違う人物だった。そんな須王を凜は受け入れられず、極力関わらないことを決める。しかしある夜、須王が高熱で倒れたことで、少しずつ距離が縮まって……?

B6判　定価：本体640円+税　ISBN 978-4-434-25558-8

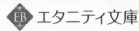

EB エタニティ文庫 ～大人のための恋愛小説～

Yuina &Syun

赤

極上フィアンセとの蜜月生活♥

君のすべては僕のもの

流月るる　　装丁イラスト／芦原モカ

二十歳の誕生日に、十歳年上の幼馴染・駿と婚約した結愛。念願叶って二人だけの生活が始まると、彼は蕩けるほどの甘さで結愛を愛してくれるように。しかし、そんな幸せな彼女の前に、結愛たちの結婚には裏がある、と告げる謎の男が現れて……

文庫本／定価：本体640円+税

Saki & Asahi

赤

大嫌いなイケメンに迫られる!?

イケメンとテンネン

流月るる　　装丁イラスト／アキハル。

イケメンと天然女子を毛嫌いする咲希。ところがずっと思い続けてきた男友達が、天然女子と結婚することに！　しかもその直後、彼氏に別れを告げられる。落ち込む彼女に、犬猿の仲の同僚・朝陽が声をかけてきた。気晴らしに飲みに行くと、なぜかホテルに連れ込まれ――!?

文庫本／定価：本体640円+税

※エタニティブックスは大人の女性のための恋愛小説レーベルです。ロゴマークの色で性描写の有無を判断することができます（赤・一定以上の性描写あり、ロゼ・性描写あり、白・性描写なし）。

詳しくは公式サイトにてご確認下さい

https://eternity.alphapolis.co.jp/

携帯サイトはこちらから！

本書は、2017年2月当社より単行本として刊行されたものに、書き下ろしを加えて文庫化したものです。


この作品に対する皆様のご意見・ご感想をお待ちしております。

おハガキ・お手紙は以下の宛先にお送りください。

【宛先】

〒150-6008 東京都渋谷区恵比寿4-20-3 恵比寿ｶﾞｰﾃﾞﾝﾌﾟﾚｲｽﾀﾜｰ 8F
（株）アルファポリス　書籍感想係

メールフォームでのご意見・ご感想は右のQRコードから、
あるいは以下のワードで検索をかけてください。

アルファポリス　書籍の感想　検索

ご感想はこちらから

エタニティ文庫

恋するフェロモン

流月るる

2020年4月15日初版発行

文庫編集－熊澤菜々子・塙綾子
発行者－梶本雄介
発行所－株式会社アルファポリス
〒150-6008 東京都渋谷区恵比寿4-20-3 恵比寿ｶﾞｰﾃﾞﾝﾌﾟﾚｲｽﾀﾜｰ8F
TEL 03-6277-1601（営業）　03-6277-1602（編集）
URL https://www.alphapolis.co.jp/
発売元－株式会社星雲社（共同出版社・流通責任出版社）
〒112-0005 東京都文京区水道1-3-30
TEL 03-3868-3275
装丁イラスト－Asino
装丁デザイン－ansyyqdesign
印刷－中央精版印刷株式会社

価格はカバーに表示されてあります。

落丁乱丁の場合はアルファポリスまでご連絡ください。

送料は小社負担でお取り替えします。


ISBN978-4-434-27306-3 C0193